T0113576

Sin cojones, con ovarios

Sin cojones, con ovarios

Flavia Benjamín Fell

Número de Control de la Biblioteca del Congreso de EE. UU.:   2015908722
ISBN: Tapa Blanda   978-1-5065-4734-3
                 Libro Electrónico   978-1-5065-4735-0

Esta es una obra de ficción. Cualquier parecido con la realidad es mera coincidencia. Todos los personajes, nombres, hechos, organizaciones y diálogos en esta novela son o bien producto de la imaginación del autor o han sido uti-lizados en esta obra de manera ficticia.

Información de la imprenta disponible en la última página.

Fecha de revisión: 21/04/2022

Para realizar pedidos de este libro, contacte con:
Palibrio
1663 Liberty Drive, Suite 200
Bloomington, IN 47403
Gratis desde EE. UU. al 877.407.5847
Gratis desde México al 01.800.288.2243
Gratis desde España al 900.866.949
Desde otro país al +1.812.671.9757
Fax: 01.812.355.1576
ventas@palibrio.com
840003

Dedicatoria

Hay tanta gente a las que quiero agradecer que si las nombro a todas tendría más páginas de agradecimiento que de contenido, por lo tanto, voy a mencionar a algunos de ellos y los demás Dios, el karma, la vida, les devolverá cada una de las acciones que realizaron para con mis hijos o conmigo.

A mí adorada madre Evelina, mujer de lucha, trabajadora incansable y madre abnegada. Gracias por tu enseñanza, por tu capacidad de superar la adversidad, por dejar de ser mujer en la plenitud de tu vida y solo vivir para ser madre. Hoy entiendo que a veces, para las madres, el bienestar de los hijos no es lo mismos que para los hijos.

A mi incondicional hermana Janeira Leonor, una segunda madre, entregada sin límite al bienestar de mis hijos y al mío. Nunca fuimos amigas porque las madres y las hijas no cruzan esa frontera. Gracias mami Leo.

A mi adorado hermanito Humberto, por siempre defenderme, cuidarme y protegerme, aun siendo el menor. Tu desprendimiento emocional, físico y material son una lección de vida para mí. Siempre antepones las necesidades de los demás a las tuyas.

A mis angelitos de la guarda, estos sí que son muchos, a algunos solo los voy a nombrar, pero tengo que dedicar tiempo especial a alguno de ellos.

A mis ángeles anónimos, enfermeras y médicos que me guardaban los hijos debajo de la cama de los hospitales, o en cualquier otra parte, pues no tenía quién me los cuidara cuando me enfermaba o cuando uno de ellos se enfermaba.

A las madres de mis amigas, por dejar sus rodillas en el intento de pedirle al Todopoderoso por el bienestar de mi familia. Unas partieron ya de este espacio hacia un mejor lugar, otras, continúan por ahí sujetando la sotana del Señor, rogando por cada uno de mis retos. ¡Gracias por sus oraciones!

A mi madre, amiga, mentora y modelo a seguir, Carmen Gloria. Siempre has sido la madre que la distancia me quita por temporadas. Tú eres un baluarte en mi formación profesional y personal. Gracias por tu confianza, tu paciencia, tus enseñanzas y, sobre todo, por tu amor.

A este compañero de aventuras que en esta nueva etapa de mi existir me ha regalado la vida. Mi amor incondicional, mi cómplice, Freddie. Gracias por fortalecer mi confianza, por reinventar el amor para mí. Tu fortaleza y tu manera de vivir me llevan de la mano por nuevas experiencias. Aunque a veces no tan de la mano, a veces me arrastras por esa vorágine de vida social que te gusta, y yo me dejo llevar encantada.

A mis hijos Harold y Joshua, mi fuente de energía interminable, mi manantial de amor inagotable. Mis más grandes alegrías provienen de las suyas, pero también, mis más grandes tristezas. Cuando un hijo está dolido, hay una madre en cuidados intensivos, pero de pie para curar con amor cualquier herida o malestar. Gracias por darme el privilegio de ser madre, una madre llena de errores, de desaciertos, con muchas fallas, muchos defectos, pero con un corazón repleto de amor para darle desde su desde el vientre a la cuna. Mientras me quede un aliento de vida y mucho más allá si es posible mi amor los acompañará. Perdonen mis muchas faltas, tanto las de omisión, por no hacer lo que tenía que hacer cuando lo tenía que hacer, como las de acción, por hacer más de lo que tenía que hacer, y en ocasiones, ser obstáculo en su proceso de crecimiento y aprendizaje. El amor de madre es así, no conoce los límites de la prudencia, pero lo importante es que seguiré aprendiendo cada día a amar más y a proteger menos.

Claro, a ustedes lectores, por regalarme un ratito de su tiempo y leer estas líneas. Gracias por su confianza y su tiempo.

Flavia Benjamín Fell

Sin COJONES, con ovarios: no soy perfecta la vida me ha hecho perfecta

LA PALABRA COJONES ES SINÓNIMO de testículo. En un mundo machista significa hombría, valentía, coraje, arrojo. Si buscáramos un sinónimo para representar el arrojo, la valentía y el coraje de las mujeres, la palabra sería ovarios, no vagina. A través de estos diminutos pero significativos órganos las mujeres tenemos el poder de dar vida, el poder de transformar al mundo, de doblegar voluntades, de cambiar el ambiente con la producción de un aroma y también, tenemos los ovarios para tomar las riendas de nuestro destino, de nuestra vida más allá de toda adversidad. Cómo muestra bastan los estos grandes acontecimientos ¿Quién controló la voluntad de Adán en el Paraíso? ¿No dicen las Sagradas Escrituras que fue Eva quien lo condujo al pecado?, ¿Por quién Caín mató a Abel? ¿A petición de quién le cortaron la cabeza a Juan el Bautista? Siguiendo esta misma línea, ¿Quiénes fueron las primeras en salir de la cueva para ver qué había pasado con su Divino Maestro Jesús? Las mujeres.

Todas estas historias sean ciertas o no, han hecho surcos en nuestras mentes, han marcado nuestro desarrollo. Lo lamentable es que no nos han servido para darnos el valor que merecemos, sino todo lo contrario. Tenemos el poder tanto en nuestro interior, por nuestras capacidades y fortalezas, como en el exterior, por representar más del 50% de la población mundial, de la fuerza trabajadora, de la fuerza electoral de la matrícula en las universidades, del potencial de consumo.

Con todas estas ventajas, ¿Cómo es que tenemos menos voz y menos voto en los asuntos que nos conciernen? La respuesta está en nuestra competencia interna, en nuestra división. Cuando una mujer cae o falla se unen las voces de los hombres y las mujeres para destrozarla aún más. Cuando un hombre hace lo mismo, lo critican algunas mujeres, otras lo justifican y los hombres casi ni opinan, por si les toca a ellos.

Si nos separamos del aspecto religioso, las mujeres hemos estado en el frente de batalla desde siempre. En la mayoría de las luchas de independencia de nuestros países quienes han salido de las trincheras a llevar mensaje, a buscar armas y comestible han sido las mujeres. En la historia dominicana, María Trinidad Sánchez, Juana De las Mercedes, Manuela Díaz, Rosa Duarte. En esta Isla del Encanto en que habito, heroínas puertorriqueñas como Luisa Capetillo, Josefa G. Maldonado, Ramona Delgado De Otero y Juana Colón.

Por eso no nos hacen falta los cojones: con los ovarios nos basta y sin ellos, también podemos.

Mi sueño de niña:
fueron felices para siempre

LA MAYORÍA DE LAS HISTORIAS de horror, perdón… de amor terminan donde inicia la mía. Jueves, 20 de julio, 7:40pm: *"los declaro marido y mujer"*. ¡Que vivan los novios!

El día tan anhelado había llegado y en mi humilde casa todo era algarabía. Habían llegados familiares de todo el país. El acontecimiento era memorable: era la primera boda que se celebraba en una familia de más treinta mujeres y de las cuales yo era una de las menores, sin dejar de lado que fui la primera en una familia racista y de fuerte tradición negra que se casaba con un hombre blanco. En una casa de tres dormitorios se alojaron más de sesenta personas, entre hombres y mujeres, sin contar los niños y niñas, que debían ser más diez. Se casa la consentida de la familia, la centrada, la sensata, la que estudió en el mejor colegio, la que se formó en las mejores academias, de arte, de tecnología y hasta el centro para señoritas, esos donde te enseñan todo lo que debe saber hacer una mujer para ser mujer. Cómo llevar el presupuesto del hogar, en otras palabras, cómo hacer milagros con dinero que te da tu maridito después de sacar lo correspondiente a sus gastos personales, entiéndase: ropa, peluquería y bebida. En este centro de señoritas también aprendí como pegar un botón, remendar un pantalón, hacer un menú balanceado, lo importante de conservar la virginidad para poder encontrar un buen marido, para obedecerlo y cuidarlo hasta que el alcohol, la muerte o la otra los separe. Perdón, mal chiste. Es solo una ilustración de la mejor manera de fomentar el machismo y la castración de la identidad de las jóvenes. Había que prepararse para tener demanda en el mercado de valores.

Retornemos al lugar donde se realizaría el memorable evento, mi boda. Dentro de todo ese alboroto y la inmensa amalgama de personalidades, estaban la prima loquita, que cambiaba de novio como de ropa interior, la retraída que nunca se casaría por que parecía retardada, la lista que vestía con las mejores marcas y visitaba los mejores restaurantes, además de estudiar en la universidad solo con su talento de bailarina, en fin, una sociedad completa reunida en una sola casa. Tampoco faltó la suspicaz que veía la premura del matrimonio con ligera sospecha de que me había comido el bizcocho antes de la boda y con calendario en mente anotó el día y la hora de los acontecimientos para sentarse a esperar los resultados de los nueve meses, la llegada del bebé, que confirmaría sus sospechas. De que hacía tiempo que no era ni virgen, ni casta. Con todos los olores al alcance el ambiente se iba llenando de aroma a frituras, a pan casero, a bizcocho y todos los majares de la comida dominicana, acompañados con el peculiar olor a aerosol de pelo, perfume, maquillaje: aquello era una locura. Llegó el gran momento, faltaban pocas horas para partir hacia la iglesia y así llegó con ella mi primer instante de lucidez, cuando me entró un fuerte dolor en el pecho y una terrible angustia, como una premonición de lo que sería el desastre en el que se convertiría mi vida desde ese fatídico día.

De más está recordar que siempre fui catalogada como la niña especial de la familia inmediata y la no tan inmediata, el ejemplo a seguir. Son estos momentos cuando esta presión ejerce su mayor peso en mi vida. Con todo el deseo de salir corriendo y dejar todo a la deriva, con una angustia insufrible pensando que dentro de unas horas me convertiría en la señora de... llegó la hora de preparar a la novia para el gran acontecimiento.

Entramos en la habitación de mi madre, especialmente preparada y decorada para la ocasión. Aquí inicia la segunda entrega de mí ya perdida libertad y lacerada dignidad. Siempre he sido amante de los zapatos con tacón y ese día tan especial tendría que casarme con zapatillas de ballet y andar arrastrando el traje por todas partes. El novio mide 5'4 y la novia 5'6 y usted se preguntará ¿cuál es el problema? El problema es que una de las condiciones del casamiento era precisamente esta, que no podía usar zapatos de tacón en ningún momento. Que esto afectaba la imagen y la hombría del caballero en cuestión y entre otras cosas, las fotos saldrían feas. De más está decir que eso fue motivo de risas y burlas durante todos los preparativos de la boda. No solo porque haya cedido en algo tan básico como no usar tacones, sino, por la connotación que tiene para los latinos un hombre de baja estatura. Pie pequeño es equivalente a pene pequeño y, además, acomplejado. Los comentarios se subieron de tono e incluso hubo una que otra que preguntó si ya había probado la mercancía o me casaba a ciegas, cosa que lamento no haber hecho pues posiblemente me hubiese ahorrado muchos sinsabores y malos ratos, o a lo mejor no, ¿de qué te vale probar la mercancía si no tienes punto de referencia entre lo bueno y lo malo, la calidad o la mediocridad? Mis conocimientos en las artes amatorias estaban basados en las novelas de Corín

Tellado, y ni hablar de mi experiencia con el placer o el sexo, que como dato relevante son dos cosas distintas, como hacer el amor o tener relaciones sexuales. Aunque haciendo un poco de memoria sí había tenido varios encuentros con el placer y lo que creía que eran orgasmos. Aunque llegué al altar virgen e intacta a la noche de bodas, tuve algunos encuentros con el bidet muy interesantes y apasionados, pero esa es materia para otra historia. Mejor continuamos con los momentos memorables del gran acontecimiento.

Para añadir otro rato interesante, se escogió un peinado que haría que todas las damas donde todas las damas que formarían el cortejo nupcial tuviesen el pelo recogido para no deslucir a la novia, o sea, la misma que por no contar con la bendición de una larga, abundante y lacia melena imponía esta norma y así disipaba su complejo de inferioridad y su falta de aceptación de las características más comunes de su raza negra. Este asunto del peinado no fue de incomodidad para mis catorce damas, si catorce, como lo lee, que ya sea por respeto, pena, u obediencia aceptaron tal condición. Ahora digo, o mejor dicho me pregunto ¿hasta qué punto los seres humanos podemos llegar por nuestros complejos de inferioridad? ¿Por qué a veces nos resistimos a aceptarnos tal cual somos, como la naturaleza y la raza nos moldeó? Ser negra y tener pelo crespo y en ocasiones con poco crecimiento es algo tan natural y simple en mi raza que ahora no entiendo por qué ese empeño de ser diferente.

Gracias a la experiencia y los azotes de la vida, hoy acepto mi negritud y las características que de ella emanan con naturalidad y orgullo, aunque me costó muchas lágrimas, mucho dinero y sinsabores a mi santa madre. Ella que tuvo que gastar lo que no tenía en tratamientos para mejorar este mal y soportar mis constantes depresiones debido a todos los sobrenombres que recibía por mi escasez de pelo. Desde machito, hasta caco de gallo.

Pero regresemos al punto de partida. Les cuento el porqué de este número mágico, catorce damas. Resulta que la normalidad nunca ha sido parte de mi vida y que como la mayoría de las niñas latinas soñé con el preciado momento que llegaran mis quince primaveras y celebrar por todo lo alto con mis amigas y no tan amigas, pues como en toda actividad social, ya sea boda, cumpleaños, bautizo y hasta funeral hay dos tipos de invitados: los que la anfitriona quiere que lleguen porque considera parte importante de su vida y desea compartir esos momentos especiales y esa felicidad con ellos, y las que son igualmente importantes, pero el objetivo de la invitación es regocijarte en la envidia y rabia que van a sentir al verte alcanzar alguna de tus metas, o simplemente al verte feliz y realizada.

Esa celebración de quince años nuca llegó. Mi madre enfermó de gravedad días antes de mencionado acontecimiento y hubo que suspender la fiesta. Para no dejar a mis amigas y no tan amigas con el traje hecho, las incluí a todas en el novel acontecimiento de mi boda.

La lucha con el sacerdote fue a brazos partidos, máxime si tomamos en cuenta que la boda se realizaba unas semanas antes de la graduación de cuarto año que también oficializaba el mismo sacerdote y en la cual se graduarían las catorce damas, algunos de los caballeros y la novia en cuestión. Fue necesario usar toda una serie de artimañas y mi poder de convencimiento fue mayor a los preceptos del sacerdote. Le dije que no podía herir la sensibilidad de ninguna de mis compañeras o primas eliminándolas de la lista del cortejo fúnebre perdón, nupcial y que mucho menos las quería dejar con el traje hecho. Santo remedio, me aceptaron a las catorce y dos primas que luego añadí y el sacerdote ni cuenta se dio. En total desfilaron dieciséis damas con sus caballeros, dos pajecitos o noviecitos con las flores, los anillos y las arras. La lucha que no pude ganar fue la de incluir a mi mejor amiga una chica que era como mi hermana y que por malabares del destino se comió el bizcocho antes de tiempo y tuvo una indigestión de nueve meses, una hermosa niña, gordita, cachetona, con el pelo rubio crespo, quien se convirtió en mi sobrina del corazón y tiempo más tarde en mi hijastra y la hermana de mis hijos. ¿Rara esta parte de la historia verdad? Pues resulta que esa extraordinaria amiga, que de hecho fue la que me presentó al progenitor de mis hijos y quien hacía todos los arreglos para que me pudiera escapar a verme con él, violando los cuidados y la protección extrema de mi familia que como les mencioné me tenían en un pedestal del cual me bajé o, mejor dicho, me tiraron y me rompí en mil pedazos. Regresemos a la amiga preferida y con ello a mi primer encuentro real con la maldad, la hipocresía, el dolor y el desengaño.

¿Recuerdan que llegué pura y casta al día de la boda? Pues esa amiga que me acompañaba en todas las salidas con el novio, luego de dejarme en mi casa, se encargaba de terminar lo que yo había empezado. Los besos, los estrujones y apretones que yo entregaba en mi encuentro amoroso carecían del fuego para apagar la llama del caballero. Pero ese asunto lo retomamos más adelante cuando hablemos de la luna de miel, si es que se le puede llamar así.

Como leen mi lista de amigas era larga, así que un día, estando en los preparativos de la boda, para ser más exacta en la entrega de las invitaciones me encontré con otra buena amiga que me llamó aparte para contarme un gran secreto que podría tirar por la borda todos mis planes de matrimonio. Con mucho misterio me contó que esa amiga, mi favorita, estaba embarazada y que ya no vivía en casa de su mamá, pues la habían echado del hogar por haber cometido la falta se tener relaciones sexuales sin casarse y para colmo quedar embarazada. Hacía algún tiempo que no me comunicaba con mi mejor amiga, pero aun así, y como amiga fiel y defensora de la dignidad de la mujer, le contesté, que esos eran falsos rumores. Que la gente que no tiene nada útil que hacer se pasa inventando calumnias y no le importa ensuciar la moral de otros con tal de llamar la atención, bla, bla.

—Está bien no me creas, pero aun así te voy a decir donde está viviendo para que lo veas con tus propios ojos y te voy a decir algo más importante, el hijo que ella espera es de tu novio, tu disque futuro esposo.

¡Que novelón!, parece un melodrama mejicano o, mejor dicho, latinoamericano, sin ofender a ese hermoso país y a su gente. Ahora puedo contar esto como un chiste, pero no fue así por mucho tiempo. En ese momento me dio un frío intenso seguido por un calor insoportable. Pero mantuve mi temple y sobre todo mi condición de amiga fiel y le dije: ¡Wao me, sorprende de ti! No puedo creer que hables así de una amiga, sobre todo sabiendo lo que significa para mí. No creo ni una palabra de lo que me dices y en el supuesto caso que ella esté embarazada sabrás que cuenta con mi apoyo incondicional y si está en la calle voy a hablar con mi mamá para que la deje quedarse en casa hasta que consiga dónde estar o solucione su situación, la que sea que tenga.

Me dirigí a casa de mi mejor amiga para entregarle la invitación y me la encontré en un estado lamentable. Ojerosa y demacrada, como si en lugar de meses hubiesen pasado por su vida treinta años. Le pregunté qué le pasaba y me contó su pesar: que estaba embarazada y su mamá la había expulsado de la casa, que su tía la acogió por unos días pero que tenía que buscar dónde vivir lo antes posible. Lloramos un rato, nos abrazamos y le dije, no te preocupes, voy a hablar con mami para que te deje quedar en casa y duermas conmigo en mi cuarto. En aquel momento no me di cuenta de su espanto al escuchar mis palabras. Es ahora cuando lo analizo y creo que aparte de estúpida, debió pensar que yo era de otro planeta. Mi ingenuidad en ese momento me impedía comprender la causa de su reacción. Al escuchar mi ofrecimiento, mi querida amiga se apartó de mi abrazo y me dijo: "No te preocupes por mí", voy a llamar a mi tío que vive en la capital. Estoy segura de que él me va a acoger en su casa, me conviene alejarme por un tiempo de las habladurías y de la ira de mi madre. Una vez esté en la ciudad capital te llamo para ver cómo va todo con relación a la boda y para contarte el progreso del embarazo.

- *"Está bien, cálmate. Sabes que puedes contar conmigo, Pero ¿qué pasa con el papá del niño? ¿No te va a responder como hombre?, ¿No se va a casar contigo? No me contesto nada, se quedó pensativa."* Yo, llena de pena y entre miedo de perder su amistad y la vergüenza por ofenderla, le conté lo que me dijo aquella amiga. Sabes, están diciendo por ahí que ese hijo es de mi novio y que ustedes siempre se quedan juntos y siguen la fiesta cuando me dejan en casa.

- *"Yo sé que no es cierto y confío en ti plenamente, te lo digo para que tengas una idea de la clase de amigas que tenemos y para que te cuides. Ella cambió de color, se levantó de la silla con aparente coraje y de rodillas me juró que todo era mentira, que jamás haría una cosa semejante que lo que pasaba era que su novio se había ido para el extranjero y no le respondía las llamadas".*

Este último dato del novio en el extranjero a mí me constaba, pues en la mayoría de las ocasiones salíamos a pasear los cuatro. Al parecer, su novio salió más listo que yo y sin pensarlo dos veces huyo de la tragedia antes que lo arropara. Con esta explicación, con todas estas lágrimas y una mujer embarazada de rodillas, ¿Qué persona tendría corazón o razón para no creerle? Di por terminada la conversación, me despedí y me puse a su disposición, le recordé que mi mamá la quería como a una hija y que, si había sido capaz de aceptar comprarle ropa para vestirnos igual, sería capaz de aceptarla con todo y el embarazo.

Esto de vestirnos igual también parece de novela, pero no lo es. Por extraño que parezca ese fue uno de los muchos caprichos que casi obligué a mi madre a cumplir. Cada vez que fuera a la modista para hacerme un vestido o me comprara alguna ropa, debía hacer lo mismo con mi mejor amiga. De lo contrario, yo no me ponía la ropa nueva cuando salíamos juntas, para que ella no se sintiera menos. Como en su casa no tenían muchos recursos, compartía mi ropa con ella, mis libros y pienso que ella entendió que tenía que compartir el novio también. Por eso se esmeró en atenderlo cuando la boba de su amiga se quedaba en su casa dormida.

Aún conservo fotos de nosotras vestidas como gemelas de piel distinta, una negra y otra colorá. Ver estas fotos trae recuerdos diversos, unos de mi ingenuidad y otros de mi entrega incondicional a la verdadera amistad.

Continué con los preparativos de la boda, un tanto desilusionada por no contar con la compañía de mi mejor amiga. Unos meses más tarde, al salir del colegio, me enteré de que mi amiga estaba en el hospital y que había tenido una hermosa niña. Cuando me encontré con mi novio en el parque le conté lo del nacimiento de la criatura y le pedí que me acompañara a conocerla. Rápido recordé que teníamos una promesa que nos hicimos de niñas y cómo siempre he sido fiel al cumplimiento de mis promesas, sobre todo si se trataba de un pacto hecho con una amiga que era como mi hermana. El pacto consistía en que ambas seríamos las madrinas del primer hijo que tuviéramos. Estaba loca por conocer a mi futura ahijada y entregarle su primer regalo. Recuerdo que en esos días estaba en el colegio tomando los exámenes finales, por lo cual salimos un poco más temprano del horario acostumbrado. Al momento de darme la noticia me encontraba con unas amigas de colegio en el parque Juan Pablo Duarte, salté de la alegría y arrastré a mi futuro esposo hasta la farmacia más cercana para comprar el regalo.

Ya con el regalo en la mano, me monté en la parte de atrás de mi motora, sí, tenía una motora para ir al colegio, y modestia aparte, era una de las pocas chicas que contaban con ese privilegio. No obstante, debo corregir que no subí a mi motora para conducirla no, subí a la parte de atrás. El caballero no podía permitir que yo condujera porque, para él estar en la retaguardia y con una mujer al volante lo hacía ver poco hombre y, además, según él, las mujeres no sabemos conducir bien. *¡Mierda, yo permití todos esos atropellos!*

Llegamos al hospital y subí los escalones a toda velocidad: él se quedó rezagado. En mi estupidez de ese momento atribuí su retraso a su condición de hombre pues según me habían adoctrinado, los hombres son poco detallistas y no expresan sus emociones con facilidad. En efecto el caballero en cuestión sí carecía de sentimiento, mas no por su condición de hombre, sino por ser un ser humano vil y miserable. Pero fue años más tarde, cuando tuve dominio de los hechos, que entendí la verdadera razón de su comportamiento.

Me imagino que para él no fue fácil ver a su hija por primera vez, nada más y nada menos que acompañado de la que en unos meses sería su esposa. Como saben, para ese momento ya estábamos comprometidos y planificábamos que después de casarnos iríamos a vivir a Puerto Rico para forjarnos un mejor futuro. Esa era solo una excusa para ocultar la verdadera razón por la cual se iba del país. Tiempo más tarde me enteré que debido a su mala conducta, entre otras cosas había sido expulsado del colegio y su madre no podía soportar esta carga, por lo cual decidió enviarlo a casa de su hermana mayor para ver si lo enderezaba. Seguimos en el hospital. - ¡Dios pobrecito, qué *dilema! La prometida, su mujer, y su primera hija juntas en el hospital y él sin saber qué hacer entre estas tres mujeres. ¿Verdad que es como para sentir pena por él?*

Al ver a la niña y como es natural, mi primera reacción fue una opresión en el pecho y un sentimiento de extrema ternura, de asombro. La niña era hermosa, enorme y rosadita, su mirada tenía cierto parecido con una que yo había visto antes muy de cerca, pero no le di mucha importancia al asunto. Me dediqué a contemplarla, a mimarla, a decirle frases cursis, como si ella me entendiera.

En medio de mi emoción ni me percaté de lo que pasaba a mí alrededor. Es ahora cuando me imagino sus miradas, sus interrogantes y hasta su desesperación al tener que mantener la pose de indiferencia ante tal acontecimiento. Aun cuando la obra había terminado y el telón había bajado para ellos, para mí estábamos en pleno ensayo. Tener un bebé en brazos es el sentimiento más noble y enternecedor y yo sucumbí al encanto de mi futura ahijada y no me importo nada más a mí alrededor.

Continúe con mi derroche de payasada y solicité permiso a la madre para tomar a la niña en mis brazos. Sin esperar respuesta la cogí, la abracé con ternura y cometí el acto más estúpido de mi vida. Sin pensarlo dos veces le extendí la niña al caballero y grande fue mi susto cuando salió corriendo de la habitación y por poco deja caer al bebé. Fue como si le pasaran una piedra caliente. - ¡*Mírala, mi amor, es hermosa, así será la nuestra! ¿Verdad tesoro?* Me imagino que debieron pensar. *No tanto imbécil, no ves que tú eres negra,* lo más probable es que tus hijos salgan a ti, por lo tanto blancos no podrán ser, mestizos talvez. Años más tarde se cumplió esta profecía. Tengo dos hijos de ese bastardo. Mis dos amados retoños son hermosos, míos, porque aparte del esperma no puso nada más o eso creo yo.

Pues desde ese embarazoso momento no mantuve mucha comunicación con mi amiga, en parte debido a que estaba en los últimos exámenes para terminar la escuela superior y ajetreada en los preparativos de la boda.

Después de este paréntesis continuamos con los preparativos del gran acontecimiento, la boda. Aunque en esencia no provengo de una familia de muchos recursos económicos, mi mamá y mi hermana se encargaron de que nada faltara. Era mi padre quien gozaba de una buena posición económica y sea por avaro o por no estar de acuerdo con un matrimonio tan prematuro y apresurado, no aportó más que su presencia.

Aun así, todo estaba listo en el momento necesario, no faltó ningún detalle por cubrir y como una novia de una familia de clase media, conté con todo lo necesario para una boda memorable. ¡Y sí que fue memorable!

Llegó el día del evento y todo estaba en orden o eso creía yo. La novia estaba lista, el cortejo nupcial vestido y esperando; pero parte de mi familia no aparecía, incluyendo mi hermana mayor y mis primos. Como siempre, fui la última en enterarme del porqué de sus ausencias. Algún tiempo más tarde me enteré de que estaban haciendo guardia en la iglesia para evitar la suspensión de la boda. Ahora no sé si me hicieron un favor o un daño. Hubiese sido como en las novelas que tanto vemos los latinos, cuando el sacerdote *dice - ¡Ahora, si hay alguien entre los presentes que se oponga a esta boda que hable ahora o calle para siempre! ¿Coño, porqué nadie habló?* Es que la famosa amiga había anunciado por todo el pueblo que se presentaría en la boda con la niña en los brazos para anunciar su oposición, que esa boda no se realizaría porque yo le había quitado el padre a su hija. ¡Qué pena!, si se hubiese presentado en la iglesia, ese acto de traición probablemente se hubiese convertido en un acto de amor, que me salvara del infierno que me tocó vivir años después. No obstante, este acto de misericordia no se concretó. Me quedé con el enigma y nunca sabré a ciencia cierta cuál hubiese sido mi reacción ante esta eventualidad. Con mi mente fantasiosa, puede que mi reacción hubiera sido salir corriendo del altar arrastrando la cola del traje por todo el parque Duarte en espera de que apareciera alguno de los galanes de mis novelas rosas y me rescatara montado en un caballo o en un coche deportivo, no sé. No obstante, la realidad fue que se efectuó la boda, salimos de casa con media hora de retraso y en este caso no fue por esa costumbre o tradición de que todas las novias llegan tarde a la iglesia por estar afanadas en las tareas de embellecimiento. Por el contrario, mi arreglo era bien simple, sin mucho pelo que arreglar, sin necesidad de tapar ojeras, pues con mi color y a mis recién cumplidos dieciocho años, esos signos eran imperceptibles. Además, con un peso de noventa y ocho libras mojadas era muy poco lo que había que acomodar. Sobre este último particular, debemos abonar que fue uno de mis grandes complejos, pues con una estatura de cinco pies y seis pulgadas este peso me ganó en el colegio los sobrenombres de jirafa, flamenco, pantera y otros más. Una vez hasta escribí un poema sobre este particular. El escrito versa precisamente sobre mi sobrada habilidad de siempre estar en contraposición de los dictámenes de la moda. En aquella época las chicas voluptuosas eran las que atraían la atención de los chicos. Luego de unos años de vida agitados y dos partos, o mejor dicho tres, continúo en el lado opuesto de la moda. Al momento de narrar esta historia mi figura es todo lo contrario, ahora tengo las libras que me hacían falta en esos años de mi adolescencia, pero la moda dicta todo lo contrario. Tengo una porción de curvas que no creo que pueda ser superada por ninguna montaña rusa y lo del peso me lo reservo. Así que la moda siempre ha huido de mí, aunque en estos momentos no representa ninguna angustia ni pesar, lo que hace unos años me llenaba de complejos e inseguridad ahora me llena de orgullo. He aprendido a valorar mi herencia africana y aceptarme tal cual soy.

Mi retraso en la hora de llegada al altar se debió a mi preocupación por la ausencia de mi mamá y mis hermanos. Me negaba a salir de la casa sin el visto bueno de mi hermana mayor y el abrazo de mi madre. Creo que hasta cierto punto tenía la esperanza de que se opusieran a último momento o me despertaran de aquel mal sueño que ya se vislumbraba por mi horizonte, pero ese momento no llegó y me dirigí, con mi comitiva de dieciséis damas con sus respectivos caballeros y cuatro pajes al paredón digo, a la iglesia.

A mi llegada todo estaba en aparente calma y normalidad, pero mi interior tenía un desasosiego que no me permitía que asimilara con claridad dónde estaba. Luego me enteré de algunos detalles que eran obvios para todos menos para mí. Por ejemplo, que no hubo marcha nupcial, el músico nunca llegó, uno de los pajes que apenas contaba con tres años tuvo un ataque de histeria y arrojó las monedas al piso, indicando que él era el novio y que yo no me podía casar con nadie sino era con él. También supe, que una de las damas de la boda era una exnovia de quien dentro de un rato sería mi esposo y estaba furiosa. ¡Otra más, qué joyita! Todos estos episodios los vi en cámara lenta y tuvo que pasar un largo tiempo de mi vida para que pudiera juntar parte de los detalles de esta pieza de teatro o, mejor dicho, de tragedia griega.

Concluida la ceremonia en la iglesia, nos dirigimos en caravana al lugar de celebración, que como era tradición en las familias de clase media, se realizaba en la casa de la novia, así que, regresamos al punto de partida y si anteriormente les conté que el ambiente era asfixiante por la cantidad de gente acumulada en un espacio tan pequeño, lo que aconteció en la celebración o tuvo precedente. Creo que medio país llego a la actividad: calle, patio y callejones estaban abarrotados de gente que gritaba y reía a la vez, entrar a la sala donde estaba colocada la mesa con el bizcocho y la decoración para las fotos fue una odisea, tanto así que hizo falta utilizar refuerzo de familiares para abrirme paso. De nuevo entré en trance y mi mente se bloqueó de tal manera que aún me cuesta reconstruir aquellos episodios. Solo puedo cerrar los ojos y escuchar la algarabía de la gente y mi voz a lo lejos, reclamando la presencia de mi madre. - *¡Mami, mamá, ven aquí conmigo, te necesito!*

Llegó la hora de la verdad, se cayó el telón del teatro, terminó la función, y los actores nos quitamos las máscaras. En el caso de mi boda, ya se partió el bizcocho, nos dimos el beso. *¡Que vivan los novios, chi ji, chi ja!*

Como un autómata me condujeron a la habitación de mi madre, hermosamente decorada para la ocasión. Allí una comitiva de primas se unió para ayudarme a quitar el traje de novia. Recuerdo haberme sumergido en esa hamaca, sí, había una hamaca en el cuarto decorada en blanco y con rosas príncipe negros, esa rosa que por su color rojo intenso simulaba sangre y representaba mi negrura. Haciendo memoria, creo que ese fue mi único grito de rebeldía, el haber escogido unos colores fuera de todo lo que dictaba la moda o las tradiciones de la época: mi boda fue rojo vino, casi negro, con detalles blancos y dorados, y celebrada un jueves, por lo cual ni siquiera el día fue tradicional el tradicional sábado o domingo en la tarde. En medio del cambio de ropa es cuando me doy cuenta de la presencia de mi madre, la observé detenidamente y la miré a los ojos con una cara de niña asustada pidiendo auxilio, auxilio que nunca llegó. En automático, o con la ayuda de alguien que no recuerdo, me despojé del vestido de novia y me puse o me pusieron el de desposada. Un vestido encantador a mi juicio, de un color rosa perlado con detalles en plata, largo hasta los tobillos con una apertura en la pierna derecha que se extendía desde el tobillo hasta el inicio de las caderas, para que cuando doblara las piernas a lo Greta Garbo, se viera cuán largas eran mis piernas, (para algunos mis canillas). Recuerden que pesaba menos de cien libras y mi mote era jirafa o pantera rosa haciendo alusión a lo delgado y larga de mis piernas. El cuello era alto para emular mejor mi sobrenombre, con unas mangas abultadas en los hombros y que se iban pegando al brazo hasta terminar más abajo de los codos. La espalda era otra cosa, el escote en forma de uve terminaba donde la espalda pierde el nombre y al no poder llevar sostén, me hacía sentir libre; libertad que añadió otro mal rato a esa "espléndida" noche. Puesto que, según mi recién estrenado esposo, con esa indumentaria parecía más una cabaretera que una recién casada. Esta fue mi primera batalla campal, a pocos minutos de haber dado el sí, que debió ser el

NO. El marido cavernícola insistió en que debía cambiarme el traje y yo insistía que no tenía ni quería ponerme otro traje. Esto acarreó como consecuencia que se acelerara mi salida de la fiesta, y como imaginarán, no hubo baile de desposada ni nada de la típica ceremonia de boda. No se tiró la liga, apenas hubo tiempo para lanzar el ramo de flores desde la puerta mientras era arrastrada de la sala para recoger las cosas que me llevaría a la luna de "miel".

Escucha las señales de tu corazón, ellas deben ser tu guía al momento de tomar una decisión que será trascendental en tu vida. Ninguna propuesta por hermosa que parezca debe ser tomada en consideración si lastima tu dignidad, si para conseguir la supuesta felicidad debes renunciar a ser tú, elige SER.

La luna de hiel: con invitados a bordo

YA EN MI PAPEL DE esposa y con este primer inconveniente, regresé a la realidad, y me di cuenta de la metida de pata monumental que había dado al casarme con un ser irracional e inseguro a más no poder. Ya era tarde y había que continuar ahora con el circo. Me solté de la mano de mí adorado esposo y me refugié en mi habitación a llorar a lágrimas tendidas, pidiendo la anulación de toda aquella farsa, y el regreso inmediato a mi adolescencia recién perdida y con ella, a la libertad. Sabrán que esta actitud se tomó como un arranque de histeria o una rabieta de niña consentida e insegura y no hubo poder humano que me librara de salir corriendo a hurtadillas de mi hogar hacia el carro que llevaría a los recién casados y al mejor amigo del novio con la chica de momento a la luna de hiel. Sí como lo leen, mi noche de bodas también fue memorable.

Nos dirigimos los cinco, chofer, recién casados y acompañantes hacia la ciudad capital, donde se habían reservado dos habitaciones ¡Ah! Sé que se preguntaron de qué me quejaba, que tenía dos por el precio de uno, pero no, lamento desilusionarlos, de eso nada. Solo compartimos el viaje, el carro, y todo el fin de semana. Sé que de haber hecho un *swinger* a ustedes le hubiese parecido más interesante mi historia, pero, no fue así. Para esta práctica hay que de tener una mente más que abierta, cosa que ninguno de los dos teníamos. También, hay que tener seguridad y sobre todo cerebro, para aventurarse en algo semejante.

Ese fin de semana de la luna de miel fue memorable. Si embarazoso fue hacer todo el recorrido desde mi pueblo a la ciudad capital, registrarnos en el hotel como una pareja de recién casados y sus amigos fue algo que terminó de borrar cualquier mueca de romanticismo que quedara en mi mente. Y ni decir de lo bochornoso que fue el despertar mi primera mañana de recién casada. A temprana hora recibimos la llamada de nuestros acompañantes y esta se repitió religiosamente durante los días siguientes. Con el propósito de agendar los planes del día, que incluyeron, playa, parque de diversiones, visitas a los familiares de la chica de turno. A esta cargada agenda no le faltó el comentario jocoso donde con el cual se, cuestionara mi pureza y virginidad debido a mi manera natural de caminar, pues según la chica, debía caminar con cierta dificultad después de haberse consumado el hecho, y lo digo como lo sentía en ese momento, ya que no contaba ni con la información, ni con la experiencia para darle el nombre apropiado a mi primer coito, fría y sencillamente coito, pues no hubo nada más.

Por muchos años me rompía la cabeza buscando algún recuerdo de esa primera noche y al día de hoy no conservo ninguna imagen clara de ese acontecimiento. Veo pasar ante mi mente una borrosa película en la que un ser extraño me toca y despierto con molestia y sin ningún sentimiento de afecto, solo el de una gran pérdida y una profunda nostalgia. No es porque valore o le dé mayor importancia a la pérdida de esa membrana llamada himen, a saber Dios si existía aquella membrana. La pérdida de mi dignidad, de valía sí fue la que lamenté en ese momento y permanezco lamentando.

--La dignidad de una mujer no está situada en ninguna parte de su cuerpo, toda tu eres digna, quien afirma lo contrario no es digno de permanecer a tu lado.

El regreso al hogar materno: fin de la primera travesía

REGRESAMOS EL DOMINGO Y LA primera parada fue en mi nido materno, el lugar de donde nunca debí haber salido, por lo menos en esa compañía. A mi retorno me esperaban un ejército de primas, amigas y tías para hacerme preguntas sobre la extraordinaria experiencia. Con mucho pesar y vergüenza les informé que no tenía nada relevante que contarles; que no conservaba en mi mente ningún detalle de lo acontecido durante las tres noches que duró mi luna de miel. Todas quedaron asombradas cuando les dije estas palabras, no faltaron las que me tildaran de mojigata, puritana, ridícula, etc. La realidad es que cualquier recuerdo de ese fin de semana quedó bloqueado de mi memoria casi en su totalidad. Con el conocimiento y la experiencia que tengo ahora puedo entender que fue un mecanismo de defensa para protegerme y borrar de mi memoria las humillaciones recibidas.

Como ya saben, nos acompañó su mejor amigo y su pareja de turno, una mujer de mundo, como dirían en mi país, que debido a sus muchas experiencias en el campo sexual no podía entender cómo una supuesta virgen se podía levantar con su cara fresca, caminar con naturalidad y estar como si nada después de su primera experiencia sexual. Este cuestionamiento fue la comidilla de todo el fin de semana de luna de miel. Para añadir sabor al caldo no faltó la visita a los familiares de la dama en cuestión, en la cual también se hizo alusión a mi manera de comportarme después del famoso evento del desflore y se volvió a cuestionar mi virginidad. Estos detalles sí los conservé frescos en mi mente, incluyendo la visita a la playa de Boca Chica, que fue otro momento embarazoso debido a los constantes comentarios sobre mi comportamiento aislado y mi poco entusiasmo. No había nada emocionante que contar, no hubo noche de boda como en las novelas, no hubo explosión de estrellas y mucho menos un orgasmo. En primera instancia, no conocía el término orgasmo y solo había tenido una experiencia religiosa en mis encuentros con el *bidet*. Por lo tanto, de esta experiencia no hubo nada para contarles a mis ansiosas primas y tías y cuando digo nada, es nada. Lo poco que recuerdo lo cuento por primera vez aquí.

Una vez pasada esta prueba entramos a dialogar sobre algunos buenos y memorables momentos de la fiesta de celebración. Esto me lleva a pensar que el día del velorio, perdón, de la boda, no todo fue tristeza. También me contaron sobre momentos jocosos, y quiero compartir dos de ellos.

Resulta que uno de mis vecinos más cooperadores se ofreció a colaborar con el servicio de las bebidas y fue a parar al hospital para recibir varios puntos de sutura. El buen samaritano, antes de comenzar a servir las bebidas, se le ocurrió la brillante idea de sacar un par de cajas de cerveza para su celebración particular, con la mala suerte que una de las cajas, al ser de cartón, se rompió y con ello las botellas de cervezas que había dentro, causándole una herida profunda en una pierna.

Otro incidente gracioso fue narrado por una de mis emblemáticas primas, a la cual le despojaron de la parte baja del traje. Le arrancaron la falda en un forcejeo por arrebatarle la bandeja de los entremeses y mi encantadora prima, ni corta ni perezosa, arrojó la bandeja con todo y entremeses a la concurrencia.

De los regalos para los novios la mayoría consistía en artículos para el hogar, y claro, para utilidad de la futura esposa, sobre todo ollas, calderos, cucharas, planchas y otros detallitos más para reafirmar mi espléndida construcción de género femenino. Muchos de ellos llegaron a mejores destinos, ya sea en la casa de mis tías, mis vecinas o en la cocina de algún dueño de lo ajeno. ¡Qué boda mi pana!

   --¡Aun en los peores momentos de la vida el humor es un bálsamo que alivia las heridas y aliviana la carga!

Repartiendo el pastel de bodas: un despertar a la traición

TRADICIÓN DOMINICANA, MEJOR DICHO, DOMINICO-INGLESA o cocola: se conserva un piso o una porción del pastel de boda para ser distribuido entre las personas más queridas o especiales de los desposados. Comencé con la famosa repartición de acuerdo con la lista que ya tenía preparada mi familia. Apenas leí la lista y me di cuenta de un detalle importante: habían dejado fuera a mi mejor amiga, cosa que me causó mucho malestar. ¿Cómo era posible que la persona que era para mí como una hermana no fuera a recibir su pedazo de pastel de boda y los recordatorios del evento? Así que ni corta ni perezosa preparé un paquete para ella y me dirigí a su casa, que quedaba en las inmediaciones de la residencia de mis suegros.

Al llegar a la casa de mi amiga me invadió un alivio. Al fin tendría alguien con quien compartir mi frustración y desilusión con mi famosa luna de miel y la pesadilla en la cual se había convertido mi vida desde ese, sí acepto. Entré corriendo a su casa y su mamá me indicó que se encontraba en su habitación. Como de costumbre, entré al segundo toque de la puerta y sin recibir la autorización para pasar entré. Lo único que recibí fue un frío, *hola* mi efusivo abrazo y beso fue rechazado con un desapego que aún me hiela el corazón. De inmediato percibí ese trato hostil y lo atribuí a mi rotura del pacto de adolescente. Cuando teníamos trece años habíamos acordado que la primera que se casara escogería como dama de honor a la otra en su boda, cosa que luché hasta la saciedad con el cura que oficiaría la boda. Pero después de mucho batallar, el sacerdote no lo permitió debido a su estatus de madre soltera. Después de ese recibimiento y la actitud de indiferencia de mi amiga, no me quedó otra opción que dejarle los obsequios sobre la mesa del comedor según ella me indicó, *pon eso ahí*, y me dirigí a casa de mi suegra, con la dicha o la desdicha que dejé las llaves de mi motocicleta en la mesa del comedor. Al regresar a buscarlas recibí la descarga de odio más grande en la historia de mi vida. Esto lo voy a citar textualmente, pues no hay forma que lo pueda describir de otra manera.

- ¿Qué se cree esa perra, que me va a matar, a quitar del medio con un asqueroso pedazo de pastel? No sé si será pendeja o se hace, pero a mí no me va a joder. En ese momento vi como mis obsequios volaban hacía el zafacón. Tomé mis llaves y salí despavorida, bañada en llanto, con temblores por todo el cuerpo y sin tener la más mínima idea de lo que allí estaba pasando.

Llegué a casa de mi suegra en esas condiciones, buscando apoyo en mi recién estrenado esposo. Quería contarle mi desconsuelo y ver si él podía entender qué le pasaba a mi amiga. No lo encontré, pero un par de minutos más tarde apareció con una cerveza en la mano y muy contento. Le expliqué la situación y se quedó callado, como queriendo decir ¿y hasta qué bicho le pico? Seguí insistiendo que no podía creer que me hubiera pasado esto, que yo no le había hecho nada para merecer ese trato. Mi querido esposito continuó tomándose su cerveza como si con él no fuera la cosa. Desde la habitación salió una de mis cuñadas para enfrentarlo y, aunque en ese momento me partió el alma y la vi como el ser más cruel del mundo, fue la única que tuvo la valentía de enfrentarme con la verdad.

-"Vamos a ver si te pones los pantalones en tu sitio y hablas. O se lo dices tú o se lo digo yo. Creo que ya está bueno de mentiras y de este juego que no conduce a nada" Y sin más preámbulos soltó la bomba.

-"Mira niña, lo que pasa es que aquella está molesta porque este sinvergüenza es el papá de la muchachita que ella tuvo y creía que por eso él se iba a casar con ella".

No salieron palabras de la boca de mi adorado tormento, por lo cual mi cuñada me trajo a la realidad de un solo cantazo. Siempre he sido una persona de diálogo y aun en las peores circunstancias conserva la calma y lo único que pude decir fue tenemos que hablar y hablamos, o mejor dicho, hablé.

Saqué todo el dolor que tenía, me pregunté el porqué de su engaño, aunque a ciencia cierta sabía la razón. Eran dos personas inescrupulosas, que mientras salíamos los cuatro, mi novio, ahora esposo, la amiga, y el novio de la amiga, se burlaban de todos y vivían un romance a nuestras espaldas. Que después de sacarme dinero para pagar fiestas, entradas al cine, ropa, y todo lo demás, me dejaban en casita durmiendo el sueño de los justos y ellos se iban a darle rienda sueltas a su pasión. No recibí ninguna explicación convincente. Lo único que me dijo el caballero en cuestión fue:

-*"No quería que suspendieras la boda y si te lo decía sabía que no te casarías conmigo"*

--Los amigos son hermanos que nacen del alma, hermanos que escogemos por lo tanto somos responsables de las consecuencias de esa elección pero no somos responsables de sus decisiones y mucho menos de su traición. Perder la fe en la humanidad porque alguien nos fallo es como perder la fe en el amor porque no fuimos amados en la misma medida que amamos.

Llegué a casa de mi madre alicaída, con unos deseos de llevarme todo por delante, de desaparecer y no volver a verlos jamás en mi vida. Muchas cosas cayeron en su lugar y fue entonces cuando pude entender el comportamiento de todos ellos el día de mi funeral, perdón, de mi boda. Cuestioné por qué me había vendido como una mercancía barata, si para ellos mi dignidad no debía estar por encima de cualquier escándalo. ¿Cómo era posible que mi propia familia hubiese conspirado para cavar una fosa tan profunda, de donde no podría salir. Cuestioné, si tenían la intención de librarse de mí con esta boda, que era más fácil haberme tirado a la calle que a los brazos de una víbora venenosa. Y para mi sorpresa escuché la misma absurda plegaria de mi adorado esposo:

-*"No queríamos que suspendieras la boda y que la fulana se saliera con la suya".*

¿Y acaso alguno de ustedes piensa que yo gané algo en esta partida? Es todo lo contrario. No solo perdí mi dignidad, también perdí la confianza en ustedes y en mí misma. ¿De qué me ha servido tanta educación, tanto esmero en tratar de ser diferente, en ser un ejemplo para que ustedes nunca tengan que bajar la cabeza por mi comportamiento si hoy soy yo la que agacho la cabeza ante su falta de confianza y su traición.

Que les puedo decir que a partir de ahí no volví a ser la misma chica inocente, perdí la fe en la humanidad, perdí el respeto por mi familia y lo más horrible de todo que por mucho tiempo perdí el la pasión de vivir y el amor a la vida. Pasaba noches enteras sin dormir sumida en la más profunda tristeza. Me convertir en una ermitaña dentro de una casa llena de gente, mi único refugio era la lectura, convertí esta pasión en mi único vínculo con la vida.

Me encerré en mi cuarto por días enteros a llorar, a penas comía o dormía, solo cuando el agotamiento me vencía podía conciliar el sueño y siempre despertaba en una pesadilla horrible. Pasaron meses antes de que pudiera recuperar un poco de cordura. Quise anular el fatídico matrimonio pero debido a las suplicas y lágrimas de mi madre no lo hice tampoco, ni tenía cabeza o conocimiento para dar los pasos en esta dirección. El caballero regreso a Puerto Rico y continuó haciendo su vida como de costumbre, con llamadas esporádicas los fines de semana para asegurarse que no había salido a divertirme, pues me estaba prohibido salir a menos que no fuera acompañada de mi madre. Durante meses me negué a contestar las llamadas de perseguimiento y así llego el mes de diciembre y con él, regreso del esposo a reclamar sus derechos maritales.

Todos me aconsejaron que le diera una oportunidad, que habláramos, que lo fuera a recibir al aeropuerto como la esposa abnegada y emocionada por el regreso de su amado, y fui a recibirlo. El impacto fue terrible. Regresó un hombre muy distinto físicamente con el que me había casado: con un pelo largo rizo, con más de cincuenta libras de sobrepeso y una sonrisa burlona que me helaba las entrañas. Me abrazó y besó como si nada pasara y se acercó a mi oído para reclamarme por la manera en que estaba vestida. A insistencia de mi madre, me había puesto un conjunto blanco de falda ajustada con un corte a la rodilla y una camisa de tirante que le hacía juego. Nada fuera de lo usual, pero para él una manera más de desafiarlo y provocar su ira.

No habíamos llegado a la ciudad donde residía con mi familia y ya estaba pasado de tragos, debido a las constantes paradas en el camino para comprar bebidas alcohólicas, más los tragos que se notaba había consumido durante el vuelo.

Llegó la noche y con ella otro dilema para mí. ¿Dónde nos quedaríamos a dormir? En casa de sus padres o en casa de los míos? Mi decisión fue que esa noche en ninguna de las anteriores, pues necesitaba un espacio fuera de distracciones y entrometidos para dialogar sobre nuestra relación.

Ese fue mi peor error. Fui a caer en la casa del lobo. Debido a la borrachera, nos quedamos en casa de sus padres, quienes se negaron a dejarlo salir en esas condiciones. Tuve que soportar todos sus manoseos y sus arranques de cólera en completo silencio. Fui ultrajada por segunda vez y en esta ocasión yo misma me metí en la ratonera. Al día siguiente, regresé a casa de mi madre, derrotada, humillada, pero con la esperanza de por una vez en la vida recibir su apoyo incondicional en este proceso. Fue todo lo contrario. El consejo fue que debía luchar por salvar mi relación y que un matrimonio siempre tenía sus dificultades. Que no tirara por tierra mi futuro, pues con una residencia estadounidense podría alcanzar mis metas de ser profesional. ¡Dios, ahora sí me sentí vendida! Entonces todo era por una maldita tarjeta de residencia, ¿De qué me valieron tantas enseñanzas de libertad, de igualdad, de tú puedes, eres brillante, llegaras lejos, etc.?

Mi adorado esposo pasó veinte largos días en el país. Nunca pude verlo fuera del estado de embriaguez. Par de semanas después de su partida me daría cuenta que esa fatídica noche dejó huellas imborrables en mi cuerpo, una huella que sería mi ángel salvador, mi rescate de esa nueva oscuridad en la que me había sumido después de aquellas amargas navidades en las que fui tratada como carne de tercera.

Del cielo a la cuna:
La llega del mi primogénito

COMENCÉ A SENTIR UNOS SÍNTOMAS raros, siempre estaba cansada, las comidas que antes no me gustaban ahora se me antojaban deliciosas y las que me gustaban me causaban asco. Comencé a perder peso de manera estrepitosa y con ello la sospecha que algo andaba mal en mí. En esos días se había difundido todo tipo de información sobre el SIDA y se señalaba a la visita de extranjeros como uno de las mayores vías de contacto. Mis síntomas eran muy parecidos a los descritos en los medios noticiosos y llegué a pensar que mis días estaban contados, que estaba marcada para morir del virus del siglo. Con todos estos pensamientos en mi cabeza, lo único que me preocupaba era la vergüenza de mi familia, y que por primera vez iba a darle un verdadero dolor de cabeza.

Un día, mi hermano menor me descubrió entre vómito y malestar en patio trasero de la casa. Alarmado llamó a mi mamá. Mi madre, veterana de mil batallas, enseguida entendió lo que me pasaba y lo único que hizo fue pasarme la mano por la cabeza y sonreír. Me quedé asombrada ante su reacción. A la mañana siguiente me llamaron temprano y me llevaron al centro de salud para un examen físico y para confirmar lo que ya todos sabían menos yo, que estaba embarazada. La noticia corrió como pólvora por toda mi familia y la del caballero en cuestión. Muchos dijeron que había sido producto de mi astucia al ver que ya mi esposo no se interesaba por mí, que andaba de barra en barra con otras mujeres. Para otros fue un golpe de suerte y para mi adorado esposo la confirmación de mi infidelidad.

Por un tiempo se desligó totalmente del asunto. Era mi hermana quien costeaba los gastos médicos, mi ropa de maternidad, mis medicamentos. A penas tenía dos piezas de ropa para ponerme hasta que meses más tarde llegó una de mis cuñadas de Estados Unidos y me trajo la ropa que había utilizado en su embarazo.

Debido a la ausencia de un plan médico que cubriera mi complicado embarazo, cada vez fue más difícil para mi familia apoyarme en este proceso, por lo cual fue necesario tomar la decisión de establecer comunicación con el padre de la criatura y explicarle mi situación de salud, que había desarrollado diabetes estacionaria, alta presión, y anemia y que requería cuidados especializados y visitas de seguimiento más continuas. Aun con la sospecha que la criatura por nacer no era suya, una que otra vez envió unas migajas de dinero para cubrir parte de los gastos médicos. Por medio de su hermana y con la intervención de mi madre lograron convencerlo para que estuviera presente durante el parto.

Llegó en la fecha señalada por el doctor. Para desdicha mía, aunque fui a mi última cita con contracciones, el niño se negaba a salir, durante tres largas noches fui con dolores a la sala de emergencias y acompañada de una caravana de sobre diez personas. Hermanos, primos, vecinos y allegados se subían en la parte trasera de la camioneta de mi hermana *pick-up* para llevarme al hospital, claro, que el principal acompañante no daba señales de vida. Llegábamos al hospital, pasábamos por la inspección de lugar, donde todos los practicantes y no practicantes introducían un dedo en mi vagina para ver cuán dilatada estaba y me enviaban para mi casa con la recomendación de que hiciera ejercicio, que caminara por el barrio y de ser posible que tuviera relaciones sexuales con mi esposo para abrir el canal. Como sabrán, preferí correr un maratón por todo el barrio, con mi hermano menor a cuesta y con un palo para desalentar a los perros realengos y a cualquier otro intruso. Después de dos días de tortura, no pasó nada y el dolor ahora era insoportable. Pedí a gritos que me llevaran al doctor. Mi paciencia se había agotado y mis fuerzas también. Cuando llegué al hospital le exigí a la enfermera que se comunicara con mi médico de cabecera, que no me había atendido por ser fin de semana y se encontraba en un torneo de golf. Interrumpieron a la eminencia debido en gran parte a las exigencias de mi hermana y a mi insistencia de que si me pasaba algo ellos serían los responsables.

El afamado doctor llegó esa misma noche y ordenó que me inyectaran medicamento para acelerar las contracciones. Fue como una inyección de ácido y pimienta para mí y me imagino que para él bebe también, pues no paraba de moverse pero mi pelvis seguía cerrada y mi vagina ni se diga. Al amanecer del sábado se tomó la decisión de realizarme una cesárea de emergencia, pues debido a los tres días con intentos de parto había perdido mucho líquido y no tenía más fuerzas, y él bebe y yo corríamos un gran riesgo. Se decidió realizar la cesárea con un simple detalle, había que pagar el costo de la operación al momento y el portador del dinero y responsable del asunto brillaba por su ausencia. Mi adorada hermana, como siempre, salió del hospital y regresó con la parte del dinero acordado con la esperanza que el padre de la criatura se lo daría en cuanto apareciera, ¡Ajá!. En cuanto se hizo la transacción me llevaron a sala de operaciones. Debido al largo tiempo de espera, ya no se sentían los latidos del bebé, y escuche al doctor solicitar al anestesiólogo que avanzara, que no se podía esperar más, y, sin previo aviso y estando yo aún consciente sentí el ardor de la navaja atravesar mi abdomen, el escozor y calor de la sangre bajar por mi pelvis. Solo pude decir ¡Dios mío, salva a mi bebé! Segundos más tarde, que para mí parecieron horas, oí decir al doctor

–*"No me gusta su color, está verde, pónganle oxígeno"*

En ese momento escuché la melodía más hermosa que haya escuchado jamás, el grito de mi hijo reclamándole su espacio a la vida. No sabía su sexo, pues no se había dejado ver en los sonogramas, pero mi corazón estaba seguro que era un niño, en ese momento tampoco pregunté, solo dije, ¿está saludable, está completo? Lo pusieron en mi regazo, lo abracé, mire al techo y le di gracias al Divino Creador del Universo por tan hermoso regalo y por fin la anestesia hizo su efecto. De fue el dolor y me quedé dormida.

Cuando desperté tenía una habitación llena de gente. Había un hermoso arreglo floral proveniente, claro, de mi hermana, y la cara de alegría del padre de la criatura que al parecer cuando vio al bebé, se despejaron sus dudas. La llegada de mi hijo desapareció todos mis temores, todas mis dudas y me entraron nuevas ganas de vivir, de comerme al mundo con tal de darle a él lo mejor.

Desde el cielo a la cuna

Fue un tres de septiembre que descubrí el milagro
de dar por alguien la vida.
Fue la noche más larga, una noche callada, donde solo se oía
el crujir de mi alma.
Me taladra el dolor de tu fuerza, tu vida y con cada
embestida me llenabas de vida.
Tú querías nacer para abrirte a la vida, yo quería que llegaras y
cambiaras la mía, que ya estaba baldía y sedienta de amar.
Te imaginé de tantas formas, te soñé, te esperé,
me llenaban las ansias de albergarte en mi ser,
alimentarme contigo, respirar para ti y vibrar con cada
impulso que dabas dentro de mí.
Desde el día en que habitó en mi vientre tu ser me
cambiaste la vida y me hiciste crecer.

Pero más que crecer, *me enseñaste a creer, el milagro*
que encierra el poder ser mujer y dar vida a otro ser.
Cuando a mi costado llegaste me quitaste el aliento, te
miré con ternura, me embargó la emoción y di gracias al
cielo por este hermoso milagro de reinventar el amor.
Te sobraron amores, abrazos y ternura: te guío la fortuna
desde el cielo a la cuna.
Entre besos y flores tú llegaste a este mundo donde
te adoraron y te llenaron de arrullos.
Me dormí con tu cuerpo respirando en mí ser y fue el más
plácido sueño, con tu cara de ángel iluminando el universo.
Mamá,
4 de septiembre de 1988

Este encuentro con mi nuevo amor, me hizo volver a nacer y llenarme de fuerzas.

Busqué trabajo y fui reclutada como asistente de cuentas por cobrar en una compañía del gobierno. Dejé a mi pequeño en casa al cuidado de una querida prima. Al medio día salía del trabajo a pasar la dos horas de almuerzo con mi tesorito, que midió veintidós pulgadas y pesó nueve libras y media, todo un hombrecito. Pero debido a las complicaciones de su nacimiento, nació bien delicado de salud. No toleraba ninguna leche, ni siquiera la materna, y estaba más tiempo en sala de emergencias que en su cuna.

Ahora tenía un encierro parcial, pues salía de mi trabajo y me concentraba en jugar con mi hijo, los meses pasaban y no había señales del padre de la criatura, ni llamadas telefónicas, ni cartas, y mucho menos dinero. Tomé la decisión de cambiar mi vida, tenía el apoyo de mi familia pero no era justo que cargaran con la responsabilidad de mantener a mi hijo. Lo poco que ganaba se gastaba en leche, pañales y el pago de los servicios de cuido.

Saliendo del encierro en busca
de aires de libertad

UN POCO PARA SALIR DE la depresión y retornar a lo que podía llamarse una vida normal, decidí asistir a la universidad, no con la libertad de escoger lo que quería estudiar, sino con los deseos de mi padre. Entré a la escuela de ingeniería y "escogí" la concentración de ingeniero en sistemas de información. Como he sabido, en la República Dominicana el privilegio de realizar estudios universitarios con beca es para unos pocos y solo es para la universidad del estado. Para ese entonces, la Universidad Autónoma de Santo Domingo no tenía ningún recinto fuera del campus principal en la ciudad capital, lo cual imposibilitó mi oportunidad de obtener estudios universitarios a mi alcance. Acepte la propuesta de mi padre de pagar mis estudios universitarios.

Entré al nuevo mundo de la universidad y un halo de luz, de esperanza entró también a mi vida. Conocí personas diferentes, creé un nuevo círculo de amistades y lo más importante, tuve algo útil en qué emplear mi tiempo libre mientras llegaba mi pase al progreso, mi residencia para poder vivir en los Estados Unidos de América. Comencé a vivir mi verdadera juventud, mis aventuras de muchacha joven y traviesa, aunque disponía de dinero para pagar la trasportación, me quedaba con mis amigas para pedir bola o pon, que no era más que pararnos para que algún buen o no tan buen samaritano nos llevara a nuestro destino de manera gratuita. El grupo de aventureros estaba compuesto por cinco estudiantes, tres chicas y dos chicos. Siempre había que esconder a los chicos para lograr que algún vehículo se detuviera a recogernos, luego ellos salían como por arte de magia y como podíamos nos acomodábamos en el espacio disponible, ya sea en un carro de lujo, un camión de acarreo de pollo, verduras lo que fuera, con tal de llegar. En la universidad sí que viví mi juventud, sin excesos pero con ímpetus, asistí a discotecas, a playas, a conciertos, siempre en la segura compañía del grupo de estudio, que se convirtió en mi nuevo despertar a la vida. Todos se asombraban cuando se enteraban por accidente que era casada, pues siempre era la de más miedo y la más ingenua de todas, rehuía a los acercamientos de los hombres y no bailaba a menos que no fuera con mis amigos. Los fines de semana que no estaba en la universidad me iba a estudiar arte dramático en la escuela de teatro de Altos de Chavón, otra experiencia que me llenó de mucha satisfacción y que me ayudó a desplegar las alas hacia mis sueños. Ahí estreché lazos con un compañero de mis años de estudios colegiales. Es una amistad que, a pesar de la distancia, aún conservo como el primer día.

Por esos malabares de la vida, me encontré en la universidad con un antiguo pretendiente y creí haber encontrado el amor pero con mi lastre de mujer comprometida y casada no pasó de una ilusión de la cual solo conservo los retazos de un poema.

–*"Tu grácil figura se escurre de mis manos y yo pusilánime e incapaz tengo que dejarte partir, pues tu cuerpo y tu corazón pertenecen a otras manos".*

No sé si fue una escapada cobarde, no sé si quien pertenecía a otra era él, pero tal como llegó se fue la ilusión de lo que una vez creí era el verdadero amor.

A unos pocos meses de ese desenlace, o esa desilusión, porque nunca hubo tal enlace, y faltando apenas dos semestres para graduarme, llegó la famosa cita para la tarjeta verde y con ello otro torbellino de emociones dentro y fuera de mí.

Mi ingenua familia se llenó de ilusión porque al fin podría conseguir el sueño americano. Mi corazón de niña tonta aun guardaba la ilusión de que mi "príncipe" de ensueño me rescatara e impidiera a toda costa mi partida. Me llené de valor, lo cité para explicarle mi situación con la esperanza de encontrar en sus palabras el valor que necesitaba para no ceder a la presión de mis familiares, y construir una vida junto a él, más lo único que encontré fueron evasivas, frases a medio decir como no quiero ser piedra en tu camino, lucha por tu bienestar y el de tu hijo, bla, bla.

Con este nuevo golpe decidí partir a otros horizontes. Con un niño de apenas un año, el corazón roto en pedazos, el alma llena de miedo y cincuenta dólares en mi cartera, me encaminé hacia la Isla del encanto, que para mí se convirtió en la prisión de Alcatraz, de donde creí nunca podría escapar.

Cinco años de espera:
llegamos a la Isla del Encanto

PRIMERA ESTADÍA: EN CASA DE la cuñada; esa primera semana fue difícil. Que complicado llegar a un ambiente desconocido, a un país nuevo con un niño en brazos y dormir en la sala de una casa extraña, que a la vez era el centro de trabajo del esposo de mi cuñada. La única bendición de esta corta estadía fue que me dio el espacio para acoplarme a mi nueva realidad y por razones obvias, no tuve que servir de mujer al dueño de mi cuerpo durante esta semana. Las promesas de una nueva vida, la ilusión de un espacio propio para mi hijo y mejores oportunidades para él me dieron un poco de esperanza. Esperanza que me sostuvo por más de una década.

Por fin un "hogar":
un rincón para nosotros y de nosotros

LLEGÓ EL DÍA DE ESTRENAR nuestro nuevo hogar, con la idea de que podría escoger los muebles que adornarían mi primer hogar. Después de cinco años de matrimonio llegué al apartamento, pero ya todo había sido escogido por mi cuñada, quien dominaba todas las decisiones sobre el particular. Para mi sorpresa, la cama había sido donada por no sé quién, la cuna del bebe también, así como el comedor con dos sillas desvencijadas. Lo único nuevo era el juego de sala, que se había comprado a crédito y que terminé pagando a retazos con el dinerito que conseguía haciendo favores aquí y allá, o haciendo sofritos para las vecinas. Nunca se me dio la oportunidad de tener dinero ni para hacer los recados del colmado. Desde el principio quedó claro que yo me dedicaría a atender la casa, al bebé y a esperarlo dispuesta para cuando llegara el amo de trabajar. Mis necesidades básicas de toallas sanitarias, desodorante y hasta ropa interior tenían que ser solicitadas con anticipación para incluirlas en la lista de compra. En ocasiones se me permitía el privilegio de ir al supermercado para ver al caballero comprar y de vez en cuando escoger alguna legumbre o verdura de mi agrado, nada más.

¡Levántate y grítale al mundo que tú eres más grande que tus circunstancias y tus temores, que la fuerza del amor y el poder de la pasión que habita dentro de ti derrotan cualquier dificultad que te presente la vida!

Llegaron los fantasmas:
llamadas de alerta

A POCAS SEMANAS DE MI llegada a la isla comenzaron a entrar llamadas telefónicas cargadas de burlas, amenazas, y bromas de mal gusto. Una felina muy atrevida me llamaba para decirme que procurara enviarlo limpio y oloroso, que para eso existía, que ella se encargaría de mandármelo estrujado, arañado y con olor a ella. ¡Grandes noticias! Las llamadas, en vez de molestarme, me causaban un alivio increíble. Mi pensar era: si tiene quien llene sus necesidades sexuales, no me molestará y podré pasar invisible ante sus ojos. ¡Sí claro! No hay mejor ciego que el que no quiere ver, y esa ciega era yo. No es lo mismo tener a una mujer que sabe lo que quiere y te puede poner en tu lugar en el momento que te pases de la raya, a disponer de una esclava que obedece tus órdenes sin cuestionar y en el momento que tu desees. No era de gran ayuda tener una gatita como rival.

Cada noche, al llegar de su turno de tres a once y media, venía a reclamar sus derechos. No importaba que me hiciera la dormida, él tomaba posesión de su esclava y satisfacía sus necesidades, sin más. Luego, a roncar hasta la mañana, cuando se levantaba a esperar su desayuno y su almuerzo para luego partir a trabajar. Los viernes eran su día de absuelto y se iba con sus amigos y amigas a darse los tragos hasta que saliera el sol: sábados, la misma historia, pero iniciaba desde la mañana con la excusa de lavar el carro, si a eso le podía llamar carro, una carcacha con veinte años de historia, sin acondicionador de aire, con los cristales dañados. Cuando llovía entraba agua por todos lados y para colmo de males se calentaba en cualquier congestión de tránsito. Sin embargo, había que salir todos los sábados a darle mantenimiento y llegar a altas horas de la noche, pasado de tragos o de lo que fuera, pues su humor no era el mejor. La casa se convertía en un campo minado donde había que pisar con pies de pluma fuera no despertar a la bestia. Si me hacia la indiferente y no le reclamaba su hora de llegada, que generalmente era de madrugada, era porque no me había preocupado por él, no le preguntaba si había pasado algo, si estaba bien, si había comido, ta, ta, ta. Si reclamaba algo me contestaba qué quién era yo para opinar.

-*"Limítate a atender a mi hijo y mantener la casa limpia"*. ¡En fin, no había escapatoria!

Mientras el bebé crecía y con ello la necesidad de interactuar con otros niños, planté la posibilidad de ponerlo en un hogar de infantes, aunque fuera a tiempo parcial. No fue fácil convencerlo y hubo la necesidad de pedir apoyo de sus familiares para lograrlo. La madrina del nene lo logró y conseguimos matricular al nene en un hogar de infantes de ocho a tres de la tarde. Ese fue uno de los despertares a la vida. Vi un mundo de posibilidades en este espacio libre, y no es que me pesara mi hijo, es que me consumía en ese encierro y esa monotonía. No solo vi los beneficios de mi hijo al comenzar a compartir con otros niños y adquirir destrezas de vida y socialización también, vi una ventana abierta para poder estudiar o trabajar y con ello comprar mi boleto a la libertad.

Limosnera... con una luz de esperanza

CON ESOS PLANES EN MENTE comencé a recoger cualquier cambio que encontraba y a ajuntarlo para reunir la cantidad necesaria para transportarme a algún centro educativo. Con el pretexto de distraerme después de llevar el nene al centro de cuido, me iba a casa de mi comadre, donde tenía un pequeño salón de belleza, y allí interactuaba con las clientas. Les hacías pregunta sobre cómo llegar a los lugares, qué papeles eran necesarios para estudiar en la universidad, cuánto costaba la carrera universitaria. Para mi sorpresa, me enteré que podría solicitar una beca y si cualificaba, no tendría que pagar nada para ir a la universidad. Arrebatada de alegría le conté la novedad al caballero y su respuesta fue:

–¿Para qué quería perder el tiempo? No sabes inglés y todos los libros en la universidad son en inglés y además, todo quedaba lejos de donde vivíamos y no cuentes conmigo ni para dinero ni para que te lleve a la universidad.

Me dijo que recordara que el niño salía a las tres, que no me daría tiempo a recogerlo, y si no lo hacía a tiempo, el Departamento de Servicios Sociales me quitaría al nene, y una sarta de estupideces más. No hice caso, solo me senté a planificar y a esperar que llegara mi momento, el que llegó en poco tiempo. Varias semanas más tarde le cambiaron el turno de trabajo al caballero, ahora trabajaría en horario de 7:00am a 3:00pm. Para mí esta noticia fue una celebración. Comencé a visitar con más frecuencia el salón de belleza de la madrina del nene en busca de encontrarme con alguna clienta que me pudiera orientar sobre qué hacer para inscribirme en la universidad, o por lo menos cómo llegar a una para orientarme. Y en diálogo con una clienta del salón de belleza anoté todos los detalles para llegar a la ciudad luz.

Temprano en la mañana dejé al nene en el centro de cuido. Llena de ilusiones, me encaminé hacia el pueblo de Río Piedras; aquello sí que era un mundo. Cogí mi guagua pública y me dirigí a la Universidad, y con el nervosismo olvidé un proverbio enseñado por mi sabia abuela, *"Donde fuere y no supiere, haz lo que viere"* pero yo no vi o no observé el comportamiento de los pasajeros y cuando llegué a donde creía era mi destino pedí parada a viva voz como se hace en mi país. ¿Para, chofer? ¡Parada! Todos me miraron como a una especie rara, el chofer no sé si por maldad o, si fue que no me escuchó, pero no se detuvo, siguió, y como dos cuadras más abajo fue que me di cuenta que para pedir parada había que pulsar un botón que estaba a cada lado de los asientos. Otra piedra más, el chofer me dejó botada pero ahora si hice caso a mi abuela y como "preguntando se llega a Roma" pregunté y llegué a la Universidad. Allí me informaron que la matrícula había pasado, que como estábamos en el mes de enero podía solicitar para el semestre de agosto-diciembre. ¡Que desilusión, yo que quería empezar cuanto antes! Me dieron una serie de papeles que debía entregar para el mes de marzo. ¡Ajá! y ahora cómo hacía para conseguir todas esas cosas. Mi primera opción fue llamar a una de mis amigas para que me consiguieran una transcripción con los créditos de la Universidad en República Dominica. Mala noticia, esos trámites había que hacerlos en persona, y yo que había pasado casi un mes recolectando menudo o cambio para reunir cinco dólares, ¿cómo iba a poder comprar un boleto de avión y conseguir el permiso del caballero para viajar? Sería imposible. Como no había tiempo que perder, decidí renunciar a esos créditos y solicitar como estudiante nueva. Había traído mi transcripción de créditos de escuela superior, otro documento que me habían pedido era la planilla de ingreso, la tarjeta del seguro social, por tener más de 23 años para ese entonces, no necesitaba el examen del *College Board*. ¿Qué fácil verdad? ¿Cómo iba a conseguir la planilla, no trabajaba y tendría que pedírsela a mi amo. Otra piedra de tropiezo, pedirle esos papeles al susodicho. Como han de imaginar, la respuesta fue no. Más no me di por vencida. Semanas más tarde regresé a reunirme con la orientadora de la universidad, le explique mi situación y me dijo que dada las circunstancias yo no estaba casada, o mejor dicho, estaba separada, y así me llenó la beca, como una indigente sin ingreso, en síntesis, eso era yo una indigente, con dueño.

Llegó el mes de agosto y entré a la Universidad llena de miedo y de ilusiones. Entré a mi primera clase de política social y quede prendada de la maestra, luego fui a mi clase de español y todo perfecto. Hasta que una semana más tarde me enteré que estaba en la clase de humanidades y no de política social como tenía matriculado, mi sala de clase era el ALH-B y estaba asistiendo al ALH-C, una letra de diferencia, ¡pero qué diferencia! El profesor de la clase correspondiente no me creyó la historia del salón equivocado y tampoco me aceptó en su clase, que era la que me correspondía: "vaya y dese de baja, este cursos es complicado, no usamos libro de texto y mañana es el primer examen, yo no creo en reposición ni nada de esas cosas.

–¿Entendido? "Con esta experiencia terminé mis dos clases con notas sobresalientes pero, adiós Universidad de Puerto Rico. Eso no era para mí, estaba fuera de lugar, había pocos estudiantes de mi país, o los que había no querían ser reconocidos. Este fue mi primer tropiezo académico en el país y con ello regresaron todos mis complejos de inferioridad, mi inseguridad, y todas las razones para quedarme en la cárcel, sin opción alguna.

Después de esa caída me dediqué en cuerpo y alma a mi hijo, a ver sus progresos en el centro de cuido. Era un niño muy despierto, todo lo cuestionaba y además, tenía un amor especial por la comida después de todos sus cambios de leche y sus constantes enfermedades estomacales al llegar a Puerto Rico. Se produjo el gran milagro, no volvió a padecer del estómago y ahora comía como una droguita. Con el tiempo llegó a ser un niño muy desarrollado y hermoso.

Mi paciencia se agotaba en ese encierro, esas siete horas de 8:00 am a 3:00pm a solas eran una verdadera pesadilla, mi única diversión era ver una y otra vez las vistas del juicio sobre el asesinato en el Cerro Maravilla y desde ese entonces nació en mi un amor por esta Isla y por todos aquellos hombres y mujeres que lo dejaron todo por amor a su patria. Me identifiqué con estos jóvenes universitarios que al igual que muchos jóvenes en mi país, sufrieron opresión y persecución por sus ideales políticos, tanto bajo la dictadura de Rafael Leónidas Trujillo y como por su mano derecha y asesor, el Dr. Joaquín Balaguer. Aunque estaba niña cuando gobernó este último, las historias de horror que escuchaba marcaron mi vida. Me crié pensando que ningún pueblo merece ni debe permití que le quiten su derecho a la libertad en cualquiera de sus manifestaciones. ¿Entonces, dónde quedaba el derecho a mi libertad, de elegir, de trazarme un futuro mejor para mi hijo y para mí? ¿Por qué razón permitía la burla, el atropello, el encierro? ¿Qué me mantenía atada a este cáncer? Fueron muchos los comentarios sarcásticos sobre esa primera derrota, muchas las veces que escuché

-"te lo dije "no vas a poder, la vida aquí es difícil y tú eres una niñita de mami que se asusta y llora por cualquier estupidez y eso no te dejara lograr nada".

¡No permitas que nada ni nadie apague la estrella de tus sueños, la luz de tu alegría ni el resplandor de tu sonrisa, eres un ser único y especial. Ama la vida y amate a ti!

Recuperando la esperanza:
hablemos del futuro

DESCANSÉ UNOS MESES Y NUEVAMENTE hice planes para lograr estudiar. Volvía a visitar el salón de belleza de mi comadre para ver si coincidía con la señora que me había orientado la primera vez. Después de muchos intentos, de pasarme varias horas allí, nos encontramos. De más está decir que también estas visitas estaban prohibidas, porque mi presencia era un estorbo para todo el mundo.

Cuando me encontré de nuevo con la señora en el salón de belleza, fue como encontrar agua después de estar días a secas en el desierto. Me dio su tarjeta para que la llamara a la semana siguiente, me explicó cómo llegar a su lugar de trabajo. Ya estaba familiarizada con el área y la ruta de la guagua era la misma, pues el centro de estudio quedaba relativamente cerca de la UPR. Llegué a la hora indicada sin contratiempos y fui recibida con toda la amabilidad del mundo. Ya sabía los documentos que tenía que entregar, por lo tanto lo único que hice fue tomar una prueba de avaluó y ubicación para conocer mis destrezas básicas. De ese trámite salí corriendo a la 11:45am para encaminarme a la parada de las guaguas pequeñas o pisa y corre, que viajaban de Rio Piedras a Trujillo Alto y viceversa. Este último detalle de la guagua lo aprendí de una querida compañera de clases en mi pasada experiencia universitaria.

Llegué justo a tiempo para recoger a mi hijo en el centro de cuido y para en casa para la llegada del señor y recibirlo con todo ordenado y con la comida caliente. En esta oportunidad y por temor a un nuevo fracaso y nuevas burlas no le conté de mis hazañas. Cuando me preguntó qué por qué no cogía el teléfono, le dije que me quedé dormida. Total, oír una vez que era una vaga y que pasaba el tiempo durmiendo no era nada raro, y que esta vez el insulto fuera por estar haciendo lo que yo quería con toda el alma, no me importaba. En términos prácticos, lo que iba a estudiar no era exactamente lo que yo quería, pero por algo se empieza. Opté por un curso de gerencia porque el programa de psicología, que era mi meta, no estaba disponible.

Me hicieron un horario justo con mis necesidades, bueno, casi estudiaba lunes, miércoles y viernes de 9:00 am y hasta las 2:00 pm, el tiempo casi necesario para recoger al nene y llegar a casa con la lengua por fuera para terminar de preparar el almuerzo. Estaba muy entusiasmada y llena de esperanza, la institución era más pequeña, no me sentía perdida en el espacio y tiempo después descubrí un par de compatriotas dominicanos camuflados como puertorriqueños y logré su amistad. En medio de una clase de introducción a los negocios levanté mi voz de protesta y tuve un altercado con la profesora del curso. Ella hizo unas expresiones redundante y un señalamiento sobre los dominicanos, que se estaban quedando con el país y dejando sin trabajo a los puertorriqueños. Planteé mi punto de vista con mucho respeto, pero con mucha energía también. Le dije con mucha seguridad que en América todos éramos inmigrantes y que los dominicanos y no veníamos aquí a despojar a nadie de su trabajo, todo lo contrario, que hacíamos el trabajo que los puertorriqueños no querían hacer, que con un poquito de historia se daría cuenta que esta era una dinámica que se repetía en cada país. Los dominicanos piensan lo mismo de los haitianos, pero no quieren cortar la caña, los estadounidenses de los mejicanos, pero no quieren sembrar la tierra, los venezolanos de los colombianos, en fin, esta es la historia de muchos y también es la realidad de todos los que habitamos este espacio llamado planeta tierra, que nos pertenece a todos y no es exclusivamente de nadie. Además, que yo estoy aquí para luchar por mis sueños, para buscar mi espacio en este mundo y lograrlo sin necesidad de quitar a nadie del camino, ahora, que el que se quitará yo iba por su lugar. Con esta postura me gané el respeto de mis compañeros y de mi profesora, a quien conservo hasta hoy como una gran amiga. Este intercambio de opiniones también sirvió como punta de lanza para que otros dominicanos que se sentían menos salieran del clóset y reconocieran su identidad con orgullo.

Aun con el estrés que tenía por no ser descubierta antes de tiempo en mis malabares, había encontrado un trozo de felicidad. Estaba haciendo algo útil para mi hijo y para mí. Continuaba haciendo mis proyectos y estudiando a escondidas, la mayoría del trabajo lo realizaba los martes y jueves, que eran mis días sin clase, o pasada la media noche, cuando todos dormían. Apenas tenía un mes estudiando cuando mi profesora de español se me acercó para decirme si quería ser su ayudante, que existía un programa de estudio y trabajo en el cual pagaban a modo de ayuda para que realizara ciertas tareas, y que ella me ayudaría con las gestiones. De este modo conocí a quien se convertiría en mi mentora, mi ángel guardián y mi fuente de inspiración. Podría decir que fue amor a primera vista. No solo me asignaron unas horas para ayudar a la profesora con las tareas rutinarias de sus clases, tales como organizar los archivos, corregir exámenes, fotocopiar, entre otras cosas, también, me asignaron unas horas para ayudar en la oficina de mi mentora. Desde allí y hasta el sol de hoy ella ha sido parte fundamental de mi vida y mi desarrollo personal y como profesional.

Cuando llegué a esta oficina todo era un misterio, los estudiantes y el personal me alertaron que me habían ubicado con una persona muy difícil y exigente, que cuando ella hablaba todos temblaban. Llegó un momento en el cual me asusté y hablé con la profesora sobre mi preocupación. Ella me dijo que me tranquilizara, que nosotras nos parecíamos mucho, sobre todo cuando mi mentora era más joven y se llevaba el mundo por delante, que haríamos buena química, y así fue. De ser una estudiante más pasé a realizar tareas más complicadas y confidenciales, y día a día me ganaba la confianza y el cariño de casi todos. Nunca faltó uno que otro celo o acusación de preferencia. Pero como de ella misma aprendí, eso era castigo por ejecución, mientras más yo daba de mí, mientras más trabajaba, más compromiso demostraba. Así pasaron los días, las semanas, los meses, y entre una cosa y la otra me fui haciendo necesaria en el trabajo, siempre hice un gran esfuerzo por aprender todo lo que podía sobre las tareas que me asignaban y a eso, probablemente, se debía la preferencia.

Mi creatividad regresó junto con la confianza que era capaz de aprender, de adaptarme a la nueva cultura y ser una persona útil. Ya en esta etapa mi contrato como estudiante de estudio y trabajo había expirado y me asignaron horas adicionales de oficina. Pero no todo era dinero. Que si bien no estaba de más y lo necesitaba para seguir adelante, nunca limité mis labores al tiempo que establecía el contrato siempre, estaba dispuesta a dar la milla extra con o sin recompensa económica. Era más importante para mí el sentirme útil y el grado de confianza que me estaban ofreciendo.

Al terminar el semestre para mediados de diciembre, me entró la nostalgia de poder ver a mi madre, a mis hermanos, de pasar esta época especial con la familia después de dos años de cautiverio.

Para cada ser humano no importa donde resida
su patria es lo mejor. Puedes vivir en París, New York, Tokio o
Milán. Cuando llega esta época de Navidad la tierra te llama, el
terruño te aclama y el alma se afana
por regresar aunque sea a través de la nostalgia.
No importa la nacionalidad
NO HAY MEJOR PATRIA, QUE LA PATRIA

Llegó la hora de destapar la caja de pandora, de hablar con la verdad y decir lo que había estado haciendo por estos meses. Era jueves, día antes de cobrar su salario y con ello llegaba la vida loca. Traté de aprovechar este momento previo al sus días de desahogo, que era como él llamaba a los fines de semana para plantearle la posibilidad de que pudiéramos viajar a la República Dominicana y pasar las festividades de navidad junto a mi familia. De paso, le conté que estaba estudiando, que me iba muy bien y que esperaba sacar notas sobresalientes en mi primer semestre. Como han de esperase, llovieron los insultos, los tirones de puerta y lo que no era puerta. Esa fue la ofensa más grande, la falta más terrible que yo pude haber cometido, que todo el mundo lo viera como pendejo, como un cabrón que mientras trabajaba para dármelo todo yo estaba no se sabe dónde disque estudiando y una sarta de sandeces más. Luego me dijo que aunque la compañía iba a cesar operaciones por el período navideño, él no disponía de dinero para viajar, que si pudiera él si se largaba para el carajo para no verme la cara por un tiempo. Me atreví a decirle que podía utilizar el dinero de su bonificación para comprar su pasaje y que yo me encargaba de los gastos del nene y míos. Traté de explicarle que me había ganado un dinerito en la universidad pero no me dio la oportunidad.

–Eso era lo que le faltaba que él *tuviera que viajar con el dinero que me daba mi macho para terminarlo de coronar como el cabrón del año"* ta, ta, ta.

Con tirones de puerta y chirridos de gomas se retiró de casa el viernes en la mañana y no regreso hasta el domingo, del color de un camarón, con los ojos rojos y sin un centavo ni para la leche del nene. Ahora las reglas del juego cambiaron, el dinero de la puta era de utilidad para comprar alimentos, ropas, y más tarde para pagar financiera, renta y hasta fiestas y parranda en las que por supuesto, no estaba incluida.

Después de esto entré en un estado de tristeza profunda, mi vida no tenía sentido, éramos dos enemigos compartiendo una misma casa, una misma cama, y por supuesto, mi cuerpo. Pasaron varios días en ese estado hasta que el caballero se dignó en dar el permiso para el anhelado viaje, al cual no podría acompañarme, pues carecía de dinero y de interés. En ese momento solo disponía de tres pantalones, una chaqueta que me había traído de mi país y un par de zapatos. Pero como la mujer astuta vale por dos, ya tenía separadas varias cositas para el nene y para mí. He aquí el dilema: ¿cómo decirle que tenía que ir a Río Piedras a sacar la ropa que tenía separada? Me armé de valor y le dije que necesitaba salir a comprarme unas cositas para el viaje y ni corto ni perezoso, se ofreció a llevarme. ¿Y ahora quién podrá defenderme? Le dije que no había problemas, que lo único que solicitaba era que me tuviera un poco de paciencia pues con el nene era difícil poder escoger y probarme la ropa. Se ofreció a prestarme su ayuda, faltaban dos días para el viaje y apenas tres días para navidad, el casco de Río Piedras estaba abarrotado de gente y yo seguí maquinando cómo ir a sacar la ropa. Por providencia divina, él mismo dijo que me dejaría sola para qué avanzara que mientras tanto aprovecharía para recortarse y recortar al nene; y se hizo la luz! En las dos horas que me asignaron para esta gestión corrí como una loca por toda la Avenida de Diego, recogí mi ropa, compré unos regalitos para mi familia y hasta me dio tiempo para entrar a un centro de llamadas y anunciar la buena nueva a mi familia.

Cuando aparecí con los paquetes lo vi sorprendido sobre cómo había logrado hacer tanto en tan poco tiempo y, más que nada, la cantidad de dinero que debía haber gastado en tantas cosas. Pero nada que ver la mayoría eran cosas que había puesto en liquidación y cuyo costo era mínimo, aunque el valor era inmenso por ser la primera ropa que me compraba con el esfuerzo de mi trabajo. Pero faltaba otra batalla: la revisión y aprobación de la ropa por parte del señor. Como de costumbre, se inspeccionó todo lo que tenía, se separaron las cosas que no eran dignas de la esposa abnegada, sumisa y reprimida. Fue necesario hacer un desfile con todas las piezas que era mías, claro, de tanto prevenir y ocultarme ya había aprendido unas cuantas argucias y me probé primero las cosas que serían regalo para mi madre y mis tías, y por último alguna de las que eran mías y las menos conservadoras la identifiqué como regalos para mis primas y mi hermana. No obstante, no hubo una que otra que fuera censurada tajantemente y sacada de la maleta. Recuerdo con mucho pesar un sub de pantalón rojo de pen terciopelo que cuando lo vi en el maniquí me enloqueció, y a pesar que en ese momento valía cuarenta y cinco dólares era una fortuna para mí, lo separé con el sueño de despedir el año con él. Creo que las personas dominantes y abusadoras tienen un sexto sentido pues fue la primera pieza que sacó del equipaje y que indicó bajo ninguna circunstancia me llevaría en el viaje. Aún conservo esa pieza y no sé si es superstición o que, han pasado más de veinte años aun la saco todas las navidades y no me la he podido estrenar. Ese jumper ha viajado conmigo, en más de quince ocasiones y aún no he logrado ponérmelo.

Se me dio el segundo sueño. Fui a ver a mi familia y pasar las navidades con ellos. Fueron días difíciles, llenos de un sabor agridulce. Cuando llegué al aeropuerto la cara de mi familia valía una fortuna. Para los dominicanos, las expectativas de una persona que llega del extranjero son altas: debe tener mucho brillo, glamour, verse diferente a como se fue, pero en una versión mejorada, y mi aspecto era todo lo contrario. Estaba más delgada, se me había caído el pelo, no tenía casi ninguna prenda o joyas, como acostumbran mis compueblanos, y aunque me arreglé con esmero, los meses de sufrimiento y angustia se me notaban por encima de la ropa. El nene sí se veía hermoso, vestido de pies a cabeza con su ropa de los *ninja turtle*, recortadito y cachetón, era una hermosura. Para el no habían pasado esos meses de calvario y cautiverio. Así que, por un momento, se enfocaron en él y dejaron de mirarme con cara de pena y asombro.

En cuanto llegué a la casa de mi madre, que estaba decorada con globos, cintas y todo lo alusivo a una fiesta, solté al niño y me tiré en la cama hasta el otro día a las 2:00pm. Mi despertar no fue voluntario, mi madre se preocupaba por mi salud me despertó. Mi hijo jugaba en el patio con unos amiguitos y primos, encantado de la vida, yo totalmente agotada, continuamente soñolienta, y sin fuerzas para levantar cabeza. Como pude me comí el desayuno a las 2:30pm para luego recibir la noticia que el caballero había estado llamando toda la noche para saber de mi paradero y que no quería creerle a mi hermana que estaba durmiendo desde que llegamos a la casa a las cinco de la tarde. Todos estaban temerosos por su reacción y por la posibilidad que no me quisiera de regreso. El llegar al hogar materno y poder dejar a mi hijo en unos brazos seguros fue el detonador para apagar todo mi sistema y mis mecanismos de defensa. Aunque aún no había botado ni una lágrima, el mero hecho de abandonarme y descansar como no lo había hecho en mucho tiempo fue como una descarga para mí, que envés de restablecerme, me dejó completamente agotada. Comí como pude y lo que pude a esa hora de la tarde y estuve de dos días sin ingerir alimentos, primero por la emoción del viaje, luego por el cansancio. Ahora me restaba prepararme para el interrogatorio de mi familia y luego el dialogo con mi amado esposo. Y llegó el momento de las explicaciones.

Mi mamá me prohibió salir a la calle sin antes arreglarme el pelo, maquillarme y ponerme ropa decente. Llamó a una estilista para que me arreglara, me pusieron extensiones, me pintaron el pelo, me sacaron las cejas, me arreglaron pies y las manos y no fue hasta entonces que pude acercarme al balcón y darle cara a la gente. Traté de dar la menor cantidad de explicaciones posible sobre mi situación en la isla. Siempre mantuve la postura que aquí la vida era muy complicada y que debido a eso no tenía tiempo de asistir al salón de belleza como lo hacía antes de irme. En cuanto a lo de mi tristeza, le expliqué que era nostalgia por el tiempo que había estado sin verlos y por ser la primera vez que nos apartábamos. Parte de la historia fue creída y otra no, pues como sabrán, las madres tienen un sexto sentido y las insistentes llamadas del susodicho dejaban mucho a la imaginación.

A las seis de la tarde sonó el teléfono y todo el mundo brincó y salió corriendo a contestar. Había llegado la hora del terror. Y aunque traté de disimular todo cuanto pude, los gritos y los insultos se hacían escuchar a metros de distancia.

–*"¿Quién te has creído que eres, me imagino que te fuiste a ver con tus machos, no pudiste esperar ni un día, era tanta la desesperación? Sin embargo, conmigo eres una frígida, nunca quieres tener sexo. Pero deja que llegues aquí, que las cosas van a cambiar, olvídate de esos sueños de princesa de Disney, cuándo has visto una princesa negra y casco de gayo?"* Con esto se refería a las mujeres que como yo no les crecía mucho el pelo, que en mi caso era un problema neurológico que se agravaba con el estrés. Escuché todo los insultos sin inmutarme para que mi familia no se enterara, cosas imposibles dadas las circunstancias. Pero mi madre, como siempre, le tiró la toalla y defendió su postura diciendo que él debía estar preocupado por mí, que era la primera vez que viajaba sola con el nene, y sobre todo, que a la gente le gusta mucho hablar, que tenía que comportarme a la altura de la circunstancia, sobre todo no salir durante la noche para evitar habladurías y malos entendidos, etc.

De esta manera me quedaba prohibido salir durante la noche, recibir visitas masculinas, salir con mis amigas a lugares poco decorosos, y de salir a algún lugar tenía que estar todo el tiempo acompañada por algún familiar. O sea, que volvía a ser una castrada emocional, todo el mundo podía tomar decisiones sobre cómo conducir mi vida. ¡Así pase mis primeras vacaciones en libertad!

Regresé a la Isla del Encanto con muchas ganas de continuar con una parte de mi vida, porque aunque parezca inverosímil, añoraba volver a mi espacio, a dormir en mi lado de la cama, preferiblemente sin compañía, pero esa no era una opción posible, por el momento. Lo más que ansiaba era regresar a la universidad, a trabajar, a esa rutina diaria que llenaba mi vida con la esperanza de un nuevo porvenir.

Me colmé de ganas de hacer cosas, en vez de cargar con artículos innecesarios, como comestibles y artesanías de mi país, recuperé mis libros favoritos, algunas libretas con garabatos de poesía, mi libro de filosofía, mis poemas de Sor Juana Inés de la Cruz. Era como llenar un nuevo mundo con cosas de un viejo mundo y juntos formar un puente a la felicidad. Para el nuevo semestre me matriculé en una clase de humanidades. En el capítulo de las civilizaciones de occidente cuando hablamos de Sócrates y el devenir de las cosas, fue para mí como un regreso al paraíso, estaba en mi mundo, y entonces sí sentí profundo orgullo por la educación recibida en mis clases de colegio. Podía demostrar que ese país supuestamente tercermundista de dónde provenía, la gente tenía buena educación, sabía pronunciar bien las palabras y hasta podíamos discutir sobre filosofía. De ser una oruga insignificante me convertí en una mariposa gris, pero una mariposa con alas y sueños de libertad. Recuerdo como ahora cuando la profesora hizo un alto en la clase y me dijo que perdiera el miedo que tenía, que era todo lo necesario para volar y volar alto. Gracias Dalia Nieves, no sabes la luz que esas palabras prendieron en mi interior.

¡Nunca dejes de soñar pero, mientras sueñas trabaja y lucha para que tus sueños no se queden en la nada. Sueña y sueña en grande recordando que mientras más grandes sean tus sueños más arduo tu trabajo para lograrlo. Sueño logrado = trabajo realizado!

De mis malabares por los pasillos de la universidad salieron grandes ideas, organicé una asociación de estudiantes internacionales porque no me gustaba el nombre de extranjero, para mí era despectivo. De allí hicimos un festival gastronómico con comida, música, y arte de distintitos países. Dentro de esta organización también contábamos con un embajador de Puerto Rico.

Trabajé junto con otras compañeras en la formación de un grupo de teatro, entre concursos de poesías, ensayos, días de juego, etc. Mi poema "Canto a Borinquén" ganó el segundo lugar y hoy lo leo y me da hasta pena haber presentado algo así y haberle llamado poema.

Pasaron los años y aunque me sentía cada vez más segura, continuaba viviendo bajo el yugo del opresor, solamente disfrutaba de libertad verdadera cuando estaba bajo el manto y las paredes de la universidad. Durante los días de semana mi vida transcurría en completa "normalidad" y me sentía feliz. El único momento de amargura durante la semana era a la hora de irme a la cama con quien ostentaba el título de mi esposo, más, como ya había desarrollado la habilidad de bloquear de mi mente los momentos traumáticos y dolorosos, estas experiencias sexuales eran una nube borrosa en un rincón remoto de mi memoria. A parte de esta habilidad, también desarrollé algunas técnicas que me ayudaban a acortar cada vez más el acto sexual. No las voy a explicar aquí, la otra parte la hizo la naturaleza o el karma: al cumplir los treinta años el caballero desarrolló una diabetes tipo uno que, al no ser atendida y con los excesos de su vida fueron mermando su capacidad de erección y con ello aumentando su frustración.

Lo que por un lado era un alivio, por otro lado era un castigo, y la causa de nuevos insultos y malos tratos. Resulta que mi frigidez le quitaba el deseo, y como hacerme el amor era penetrar a un muerto, no podía tolerarme por más de cinco minutos. De modo que entre la humillación y la pena sentía un gran alivio.

Las cosas se siguieron complicando y cada día tenía más y más responsabilidades económicas en mi casa. Ya era responsable del pago de la mitad de la renta, la energía eléctrica, el servicio de agua y los gastos de mi hijo y míos y, en ocasiones también, colaborar con los gastos del caballero. Estando las cosas tan apretadas, nuevamente pedí una oportunidad de diálogo y solicité ayuda con la llevada del nene al centro de cuido para así poder conseguir un trabajito adicional que me permitiera seguir estudiando. De esta manera llegué a trabajar en un famoso *cash and carry* en horario de 4:00am a 8:00am. Desde allí salía a toda carrera a tomar la transportación pública para entrar a mi clase de las 9:00am. Este trabajo como representante de servicio al cliente o cajera era otro reto para mí. La mayoría de los clientes que visitaban el establecimiento a esa hora eran dueños de negocios y muchos de ellos estaban amanecidos y seguían corridos a realizar las compras para reponer lo vendido, por lo que la mayoría de las veces su mal humor llegaba hasta nosotros sin filtros. Fueron muchas las ocasiones que recibí insultos de inepta, lenta, come plátano, (como alusión a mi nacionalidad dominicana) bruta, entre otras. Pero de aquí obtuve una nueva experiencia que años más tarde me ayudo en la obtención de mi primer trabajo formal: oficial de colocaciones de empleo para los estudiantes de la universidad.

Este contrato de trabajo de seis horas diarias me permitía un desahogo económico, pues el salario era mejor y podía ajustarlo a mis horarios de clase. Renuncié al trabajo en el almacén y me quedé solo con el puesto de la universidad. Pero como en la vida del pobre cuando uno se quita el único traje que tiene para lavarlo, ese día llueve, ese mismo año parte de las facilidades de la universidad las mudaban a un recinto más grande en Carolina y con ello, la división de los servicios. Ahora sí, el nuevo contrato estipulaba que debía dar servicios alternos en ambos recintos, tres días en Río Piedras y dos en Carolina, y además, se le añadía el agravante de que los dos últimos cursos que me quedaban para graduarme no los ofrecerían en el campus de Río Piedras. ¿y ahora quién podrá defenderme?

Acepté el reto y dije que me las arreglaría y haría los ajustes necesarios para cumplir con ambos compromiso que estaría en mi casa a tiempo para atender a mi familia y a mi hijo. La hora establecida para llegar a mi casa era la 6:00am, ni un minuto más ni un minuto menos. Nada complicado, lunes, miércoles y viernes trabajo de 8:00 am a 12:00pm en Río Piedras, clases de 1:00 a 5:00pm en Carolina, martes y jueves clases de 9:00am a 12:00pm en Río Piedras y trabajo de 1:00 a 5:00pm en Carolina. El único agravante era que para llegar de Trujillo Alto a Carolina había que tomar dos guaguas distintas y viceversa, y disponía de una hora para hacerlo. Pero no me iba a rendir, y menos ahora que estaba a pocos pasos de mi primera meta. Dios no desampara a sus hijos de tal manera que para la primera etapa de transición la universidad se coordinó transportación para los estudiantes desde Río Piedras a Carolina y viceversa, ahí me alineé yo. Con este arreglo solucionaba uno de los problemas. El otro inconveniente era cuando el tránsito retrasaba a la guagua durante la tarde y al llegar a Río Piedras la parada para Trujillo Alto estaba desierta. Aquí tenía dos opciones, la primera camina, la segunda corre pero llega a tu casa, como sea y así lo hacía. Aunque una que otra vez una compañera desviaba su ruta y me dejaba en casa, pero estar fueron las menos, fueron más las veces que tuve que escoger, camina o corre. Y atravesar toda la avenida 65 de infantería y luego todo el expreso Trujillo Alto, hoy Manuel Rivera Morales.

Veo brillar la luz de un nuevo día lleno de bendiciones y me enfrento a la vida con la firme certeza de que hoy daré los pasos correctos hacia el rumbo que mi ser reclama. ¡Es tiempo de cambiar!

Con aires de libertad...mi primer carro

ASÍ ERA Y ES MI vida, un torbellino de emociones. La estabilidad no existe y he aprendido a no creer en ella. Solo creo en el equilibrio pero con una buena dosis de cambios. Hasta el agua, que es un líquido preciado y vital, si se estanca, se pudre y no sirve. Llegó el momento de dar un paso más, necesitaba solucionar el problema de la transportación. Como siempre, grandes crisis traen grandes oportunidades. Fue una gran crisis la que me dio el empuje final para tomar esta decisión. Era una época de examen finales, y qué finales, mis últimas clases para graduarme. Eran las 6:00am: mi hora de salida para llegar a tiempo. Con sombrilla en mano, libros y trabajo final, zapatos envueltos en bolsas plásticas me puse mis chancletas de goma y me decidí a salir a tomar la guagua. Pero la lluvia era torrencial y no había sombrilla que aguantara. Me armé de valor y le solicité al padre de la criatura que por favor me encaminara a la universidad, que era un día muy importante y no podía faltar. No recibí respuesta, no se hizo un mínimo movimiento y por supuesto, no me quedé en casa. Salí bajo aquella tormenta, sin ver prácticamente nada, pues el agua no me permitía abrir los ojos. Subí como pude la cuesta que me llevaba de mi casa a la parada, y en medio de ese camino se detuvo una guagua de reparaciones de una cadena de tiendas muy conocida y el conductor se ofreció a llevarme. Nunca lo había visto, no tenía idea de quién era, solo me amparé en el logo de la compañía y en su anuncio de calidad de servicio. Ese fue mi único aliciente para pensar que estaba segura, que no me pasaría nada. Llegué sana y salva a mi clase. Había hecho esto de montarme con desconocidos al salir de la universidad en la República Dominicana, pero nunca sola y en medio de una tormenta.

Después de esta experiencia tomé la decisión que necesitaba comprarme un carro con carácter de urgencia. Le di mil vueltas al asunto sin la más remota idea de qué hacer, hasta que lo hablé con una compañera de estudios y me dijo que tenía derecho a solicitar un préstamo estudiantil y que con ese dinerito podía comprarme un carrito. Fui a la oficina de asistencia económica, me orientaron, y solicité el préstamo de $3,000. Me indicaron que llegaría como en un mes aproximadamente. Como imaginarán, no comente nada de esto en mi hogar. Llegó el cheque y ahora qué hago, no tengo cuenta de banco, no tengo crédito, no se dé mecánicas, no sé dónde hay un concesionario de autos, no sé, no sé, no sé.

Me entregaron el cheque un miércoles y con el temor de llevarlo a mi casa y ser descubierta lo dejé en una gaveta en la universidad. En fin de semana asistí a un pasadía familiar del trabajo, del caballero y allí me encontré con la esposa de uno de sus compañeros de trabajo con la cual habíamos compartido en varias ocasiones y que se había identificado como mi amiga. Recuerde que esta palabra me causa repelillo pero no había otra opción. Mientras los hombre jugaban dominó y se tomaban unos tragos, hablé con la "amiga" y le conté lo del cheque, mi interés de comprarme un carrito y todo lo demás. Inmediatamente se ofreció a llevarme para ver opciones y hacer los trámites. Le expliqué que tenía que ser a escondidas y que por favor no se lo comentara a su esposo para evitar que se filtrara la información a mi marido.

Solicité permiso a mi jefa para salir un poco más temprano el viernes y fui con la "amiga" a ver opciones de carros baratos. Para mí cualquiera era bueno, pero ella insistía en que no podía comprar una leña que me fuera a dejar a pie en cualquier momento. Buscamos en uno y en otro concesionario de carros usados hasta que encontramos uno que a ella le pareció apropiado. Yo ni idea, para mí con que corriera era suficiente. Pero como no todo es color de rosa el carro costaba $6,500 y yo tenía $2,980. ¿y ahora qué hacemos?

-No te preocupes, eso lo resolvemos, mi señor, con cuánto usted cree que mi amiga se puede llevar ese carrito hoy, es que ella lo necesita para ya.

Bueno vamos a ver, y entre regateo y regateo supuestamente bajaron el precio a $5,000. —"*Otro problema, señor mi amiga solo tiene $2,000. Usted cree que le pueda financiar el resto en un pago bajito. Mire, que ella está comenzado a abrir crédito ahora*". Cuando le cuestioné sobre por qué $2,000, me dijo *¿y con qué vas a echar gasolina, pagar la tabilla y comprar unas alfombritas?*, Nena, así es ella. *Vamos a ver qué se hace, traiga esta información, también me la puede enviar por fax y le contesto en dos días*. Otra dificultad, con lo de los documentos no hay problemas pero, la llamada de aprobación a la casa, aquí sí que se complicó la cosa. —"*Mire don, yo le voy a decir algo, mi amiga no tiene teléfono en la casa. Usted me va a llamar a mí y yo la busco en el trabajo y caemos aquí enseguida y nos fuimos*".

El sábado a las 10:00am me llamó la amiga para decirme que habían aprobado el préstamo del carro, pero que ella estaba en un pasadía familiar en Luquillo y no me podía acompañar. Era tanta la euforia que me armé de valor y le hable a una vecina para que me llevara a buscar mi primer carro, y con la suerte que me dijo que sí, como no, vamos, y salimos para el concesionario en San Just. Con la torpeza que se me olvidó un detalle: ella fue en su carro y yo no sabía conducir, apenas había hecho unos intentos en uno de esos días de bondad de mi esposo, cuando me había quitado la llave del carro y bajado con insultos por mi brutalidad pero, ahí estaba mi carro y tenía que llevarlo a casa. Le dije a la señora que estaba nerviosa, que lo sacara del área de estacionamiento del concesionario y me diera una pequeña explicación para refrescar mi mente, pues hacía mucho que no conducía, sí pepe.

Así lo hizo, y yo, con mi cara de cordero que llevan al matadero, traté de memorizar todo lo que me decía. Me subí en el carro con unos nervios de punta, saqué la emergencia y arranqué lentamente. La señora iba al frente mío, cuando vi que avanzaba un poco rápido aceleré un poco y todo iba de maravilla, hasta que cambió de carril. Ahora sí: ¿y eso cómo se hace? Ni puse direccional ni nada, y al cambiar de carril el carro quedó en el mismo medio de la línea divisoria, y el semáforo cambio a rojo. Ahí mamá, las bocinas no pararon de sonar, pero cuando el semáforo cambió de nuevo me alineé como pude al carril correspondiente y continué siguiendo a mi guía, que no cambió de carril nunca más hasta llegar a la casa, y gracias a Dios. Después del susto y dar las gracias, entré a casa a tomar agua. Ah, no les dije que el nene lo había dejado con mi comadre. Entiendo que si lo hubiese tenido conmigo, todavía el carro estaría en modo de estacionamiento. Antes de todo me armé de paciencia y busqué un lugar donde pudiera dejar el carro lo suficientemente cerca pero sin despertar sospechas hasta el momento oportuno de dar la noticia. Mientras el momento llegaba continuaba practicando por mi cuenta cuando tenía la oportunidad, iba a la universidad en mi carrito, pero trataba de coger la ruta más directa sin importar la congestión de tránsito. Intentaba buscar el estacionamiento más cómodo, aunque tuviese que caminar grandes distancias. Y el momento llegó más rápido de lo que esperaba: todos estos malabares, sin aun contar ni con licencia de aprendizaje. Esto llegó tiempo más tarde. Es una de las cosas de las cuales no me siento orgullosa, mi imprudencia y falta de responsabilidad pero, gracias a la protección del Divino Creador, que nunca me falto, no cometí ni una falta y jamás recibí ni un boleto de estacionamiento.

Llegó el momento de destapar la segunda caja de pandora y de la manera más inesperada. Como les conté los viernes iniciaba mi camino al calvario, el cual duraba hasta pasadas las cinco de la tarde del domingo. Entre borracheras, peleas, y amanecidas en la calle discurría mi relación de pareja. Ese viernes las cosas se le complicaron para el caballero a la de salida del trabajo y vestido para la noche de juerga, el carro no le prendió, sus supuestos compañeros ya se habían ido y no tenía manera de moverse. Ya me había acostumbrado a que los viernes no llamaba y mucho menos llegaba temprano, por eso me sobresalté al escuchar su voz cuando conteste el teléfono. Me dijo que estaba llamando a su hermana para ver si su cuñado lo recogía en el trabajo pues se le había dañado el carro y que nadie contestaba, que fuera a casa de mi comadre para ver si lo podían buscar. En mi mente se prendió una luz peligrosa y dije: este es el momento de darle la noticia. Así que hable con la vecina para que me velara al nene, que estaba dormido en su cuna, y salí al rescate del caballero. Cuando llegué al estacionamiento de la farmacéutica donde trabajaba, lo divisé en la caseta de seguridad usando el teléfono, accioné la bocina y lo vi buscar por todos lados hasta que me vio al volante y abrió los ojos con cara de espanto, se acercó a la ventanilla

–¿Qué carajo haces tú aquí en ese carro y quién fue el loco que te lo presto?

Le dije, buenas noches, sube si quieres que te lleve a casa, y este carro es mío, nadie me lo prestó. Acto seguido procedió a abrir la puerta del conductor para que me bajara y le cediera el volante. No sé de dónde saqué valor:

–"si quieres que te lleve, será bajo mis condiciones, y la primera es que yo conduzco mi carro y la segunda, te prohíbo criticar, gritar o hacer cualquier gesto o comentario sobre mi manera de conducir.

El caballero se subió en el asiento de pasajero y suspiró todo el camino. Mi corazón latía a mil millas por milésimas de segundo, había provocado al monstruo y tras la frustración de no poder disfrutar de su viernes social le estaba restregando en la cara que ya no estaba dispuesta a ser su sumisa. Sabía que esto iba a tener serias consecuencias, y no tenía claro si estaba preparada para confrontarlas.

Llegamos a la casa y el primer desquite fue tirar la puerta con todas sus fuerzas. El mensaje fue claro y el efecto también, tanto el carro como yo temblamos y creo que del susto hasta me oriné. Entramos a la casa y lo menos que esperaba era encontrar la casa abierta y a la vecina en la sala, saludó como si nada y se fue a la habitación. Despedí a la vecina dándole las gracias por su colaboración, era la primera vez que hacia algo similar. Entré a la habitación del nene vi que todo estaba bien, pero me demoré todo cuanto pude, evitando lo inevitable. Cuando ya no había más tiempo que esperar, entré a enfrentar al monstruo. Lo encontré con una ropa diferente, perfumado y listo para salir. Mi pecho se abrió y soltó todo el aire contenido. ¡Siiii, se va! Encontró quién lo busque, voy a dormir en paz. Pero era muy lindo para ser cierto. ¿"Dónde están la llaves del carro?" ¿De cuál carro? El que compraste, dame las llaves que voy a salir. De nuevo mi corazón se disparó.

–¿Estás loco? Ese carro es mío y no se presta, eso lo aprendí de ti. Mejor se presta la mujer antes que el carro. Es mejor que me des las llaves y me dejes ir, no soporto verte la cara de estúpida, diciendo lo cogí de pendejo, y ahora soy yo la que mando. Tú podrás estudiar, tener carro y todas las M que quieras y no dejarás de ser una llorona acomplejada e inútil." No me hagas perder la paciencia y darte lo que te mereces. Por mí te puedes ir donde quieras, no te detengo, pero mi carro no lo vas a utilizar. Fue la primera vez que me lastimó físicamente. En un arranque de furia me empujó y choqué contra el tocador, dándome en la cabeza. Me quitó las llaves y acto seguido salió dando portazos y acelerando como loco. Regresó el sábado en la noche en estado deplorable, se acostó y durmió todo el día del domingo. De mi parte fui, chequeé mi posesión más valiosa a parte de mi hijo, mi carrito, verifiqué que todo estuviera en orden, saqué las latas de cerveza y otras cosas que encontré y me fui para un parquecito que había frente a la casa a jugar con el nene hasta que se agotara para dormirlo y que no hiciera ruidos que despertaran al monstruo.

El lunes madrugué más que nunca, preparé a mi hijo sin hacer ruido alguno y me planté frente al centro de cuido para dejar al nene y comenzar mi rutina semanal como de costumbre, con la novedad que ahora se viró la tortilla. El caballero no tenía transportación, tenía que hacer otros ajustes para recoger al nene a las antes de las 4:00pm y yo salía de estudiar a las 5:00pm. Algo se me ocurriría durante el día, ya sea hablar con el profesor y salir antes de la clase o por primera vez, faltar. Llegué al salón y le pedí al profesor unos minutos para dialogar con él, le expliqué mi situación y me dijo que no había problemas, que asistiera la primera hora cuando pudiera, le entregara las asignaciones, el me daría una copia de lo que se discutiría ese día y así lo haríamos hasta terminar el semestre. Días más tarde me enteré que ese nuevo angelito era esposo de la profesora con la cual había sostenido aquella discusión de dignidad y orgullo dominicano y este también se convirtió en mi amigo, algunas veces en mi asesor legal, relación que más de veinte años después conservo.

Como un aparte, tengo que decir que todas estas experiencias me han servido para desempeñar mi trabajo con los estudiantes de una manera más humana, para verlos más allá de un número para retener y lograr metas. Si Dios puso tantos ángeles en mi camino, lo mínimo que puedo hacer para agradecerle es ser una fuente de inspiración en el camino de otros, o por lo menos un rayo de luz que les alumbre el camino hacia sus metas y sueños.

Dejando huellas

CONSEGUÍ LA PRIMERA META: ME gradué con honores y como en la universidad la confianza en mí potencial pocas veces fue cuestionada y era más que consiente que dependía únicamente de mí demostrar y demostrarme que podía, no me conformaba con ser una más.

De esa manera, asistí a la asamblea de candidatos a graduación para elegir la directiva que estaría encargada de realizar las actividades pro fondo para el baile de graduación y coordinar toda la logística. Llegué al salón de actos de la universidad dispuesta a postularme como presidenta de la clase. Estaba casi segura que lo lograría, pero el casi hizo su efecto en mi seguridad y en último momento pasaron por mi mente todos los NO puedo posibles, no voy a poder, no tengo el tiempo para ir a las reuniones, no tengo quien cuide al nene, no me van dejar, no me van a escoger por ser dominicana, no, no, no y NO. No me postule ni tampoco acepté la oferta de mis compañeros que me proclamaban como presidenta de la clase. Me conformé con ser la vice-presidenta, aunque terminé haciendo todo lo que dije que no iba a poder y mucho más. Modestia aparte, fue la clase graduanda que tuvo el mejor y más concurrido baile de graduación. Hubo muchas dificultades, la orquesta principal, que era Manny Manuel, quien en esos momentos estaba en su apogeo, canceló el contrato una semana antes del evento, uno de los integrantes de la directiva se disgustó y coordinó una fiesta aparte en un hotel cercano al Normande, donde sería la nuestra, este último acontecimiento nos dio mucho miedo, el compañero en cuestión es hijo de un afamado director de orquesta y productor. Pero días antes su actividad fue cancelada por falta de apoyo y tuvo que unirse a la nuestra.

Luchando contra los prejuicios
y la xenofobia

MI VIDA UNIVERSITARIA FUE MARAVILLOSA. Como mi meta era estudiar y sentirme útil no le di mucho pensamiento al hecho de estar en un programa académico que no era de mi agrado. Lo importante era tener una base sólida para salir adelante y darle un mejor futuro a mi hijo. El tiempo pasó y no fue abrió el programa de psicología que me interesaba, así que, terminé el bachillerato de administración de empresas con concentración en gerencia. De cualquier manera, tenía una profesión y podía conseguir un trabajo digno.

Mi contrato de trabajo estaba a punto de terminar. La institución había crecido y evolucionado, ya no era un colegio, éramos ligeramente una universidad, y con estos cambios se trabajaron nuestras propuestas y se crearon nuevas unidades de servicio. Una de las que evolucionó fue la oficina de colocaciones de empleo. Se realizó y fue aprobada una propuesta que transformó la oficina en un centro de empleo. Por contrato, mi plaza a tiempo parcial pasaba a ser un puesto oficial y a tiempo completo. Me enteré de la novedad y como ya tenía más de dos años ejerciendo el puesto, entendí que reunía los requisitos para ocupar la plaza de manera permanente. Solicité y fui citada a la entrevista, como corresponde según la ley de igualdad de oportunidad de empleo. Al llegar a la entrevista me recibió un panel constituido por mi supervisora, una persona que entiendo era de la comunidad externa, pues no la había visto, y mi profesor de práctica. La entrevista fue de maravilla hasta que me preguntaron sobre mi dominio del idioma inglés, lo cual, por cierto, no estaba como requisito de la plaza ni durante el ejercicio de mis funciones en estos dos años, ni en la convocatoria. Contesté con toda honestidad, que esa era una de mis áreas de oportunidad pero que podía trabajar con ella para mejorar, tanto si se me daba la oportunidad de ocupar la plaza, como si no.

Días más tarde recibí una carta de agradecimiento por haber participado en la entrevista e indicándome que habían escogida la persona que reunía los requisitos del puesto. Nada más que decir. Había llegado el momento de enfilarme a otros rumbos y así lo hice. No acepté la renovación de contrato que me ofreció mi mentora como coordinadora de proyectos especiales y salí en busca de nuevos horizontes. En esos nuevos horizontes sí que viví de verdad los azotes del discrimen y la xenofobia.

Fueron muchas las ocasiones que después de darle instrucciones a un empleado este salía de la oficina furioso y le escuchaba decir:

-"qué se cree esta negra dominicana, sucia, que me va a venir a mandar a mí que tengo X cantidad de años aquí y en mi pasos".

Esos eran los mismos empleados que hurtaban la mercancía del almacén, sacándolas en los botes de basura y que luego recogían en la noche. Esos primeros meses como gerente fueron de muchos retos. Nunca imaginé que podría soportar un año en este trabajo, pero nunca me he rendido ante la adversidad y esta no sería la primera vez. Una de las cosas que más me molesta y siempre me ha molestado son las comparaciones y ese mal lo vivía a diario. La gerente del turno del día era una empleada de muchos años de la compañía, que había ganado su ascenso gracias a sus veinte años de experiencia, que había crecido con los empleados más antiguos, además, era lesbiana, lo cual no menciono porque esto hiciera una diferencia para mí, pero para ella sí. Constantemente se compraba o la comparaban conmigo, por la fuerza física que demostraba, porque según ellos trabajaban como un hombre y nunca pedía ayuda para levantar objetos pesados. En cambio yo, era "débil" y una gerentita de escritorio sin agallas ni experiencia.

En esta jornada de aproximadamente dos años adquirí nuevas herramientas. Desarrollé suspicacia, lo que otros llamarían malicia, interactúe con tantas personalidades, desde delincuentes hasta gente muy buena y honrada. Fui asaltada en varias ocasiones, hasta qué describí que era una de las empleadas que se combinaba con sus amigos y le indicaba el momento apropiado para asaltar. Con la ayuda de uno de esos empleados honrados que se identificaron conmigo, esos ángeles que siempre el Todo Poderoso pone en mi camino.

–"Oiga jefa, usted tiene que ser más lista. ¿No se ha dado cuenta que siempre los asaltantes vienen a la misma hora, que siempre es en el turno de fulana y que ella nunca está en caja cuando eso pasa?

Tonta de mí, una de las empleadas avisaba el momento cuando realizaba el recogido de efectivo de las cajas y justo ahí llegaban los asaltantes. Nueva lección: aprendí que, como gerente, no debía tener patrones ni horarios establecidos para realizar los recogidos del efectivo de las ventas.

Una noche de esas tantas que salía a las dos o tres de la madrugada, ya sea porque no me cuadraba el reporte de la venta del día, o porque al estar tan pendiente a los detalles de los asociados para evitar que me sabotearan la operación del restaurante, pasé el susto de mi vida. El restaurante tenía un sistema de alarma que una vez salías y lo activaba, no había manera de cancelarlo sin que se activara una alarma que conectaba con las oficinas centrales y con la policía. Ese día salía a las tres de la madrugada. Con todo el sigilo posible y justo cuando puse el último código de la alarma, no sé de donde salió un chico desgarbado en una bicicleta y solo escuché cuando dijo –*"misi tiene que tener cuidado"* Aun lo recuerdo y mi corazón siente el mismo efecto. Pensé, –"aquí terminaron mis días". Cuando me di la vuelta, me fijé que era uno de los adictos que merodeaban el centro comercial, con la suerte que siempre lo había tratado con mucha amabilidad, le regalaba mi almuerzo y en ocasiones le pagaba unos pesitos para que me limpiara el carro. Resulta que me estaba esperando para advertirme de los empleados que estaban hurtando la mercancía y su modus operandi.

Con todo y las dificultades fui nombrada gerente del año, obtuve un buen nivel de venta y gané premio por limpieza, calidad de producto y eficiencia administrativa. Lo más importante es que con el pasar del tiempo me gané la confianza y el respeto de mis empleados, y cada premio que recibía lo compartía con ellos en todas sus dimensiones, tanto en celebración como económicamente. Les ensené la importancia de trabajar en equipo y que lo que afectaba a la unidad a la larga nos afectaba a todos. Cuando presenté mi renuncia al puesto, salí de allí por la puerta ancha, con un grupo de empleados tristes y una bonita despedida.

Regresé a trabajar a la universidad, ahora con una mejor posición y bajo la supervisión directa de mi mentora. Como siempre, con un nuevo reto: trabajar con estudiantes con impedimentos o necesidades especiales. Para esta nueva plaza de trabajo el único conocimiento del cual disponía era mi disposición de servicio, mi buen corazón y la pasión que siempre le pongo a las cosas. Acepté el reto llena de temores como siempre, unos infundados y otros productos de los consejos de algunos "buenos amigos" que me advertían de las posibles demandas que podía tener si alguno de esos estudiantes no estaban satisfechos con los servicios prestados por nuestra oficina. Pero, como la necesidad es la madre de las invenciones, me fui a la biblioteca y estudié todo lo relacionada con las leyes que los protegían, y más que todo, los deberes y responsabilidades de ambos.

Ya para este entonces estaba haciendo planes para regresar a la universidad y estudiar lo que me apasionaba, psicología. Estos estudios también me permitirían tener más herramientas para realizar mi trabajo de una manera más eficiente. Mientras analizaba cómo trabajar con ese aspecto, establecí contacto con prestadores de servicios a esta población de varias universidades, hicimos una alianza colaborativa para capacitarnos y así surgió la Asociación de Facilitadores para Estudiantes con Impedimentos. A partir de este momento mi vida laboral y profesional ha sido una de grandes satisfacciones no obstante, en medio de ella, mi vida personal continúo cargada de muchas derrotas y sufrimientos.

¡Procura iluminar a otros con tu luz y veras como tu lámpara se llena de aceite cada día y tu llama tiene mayor alcance!

Se deshojó una flor, Flammy Mary

FUERA DEL ENTORNO QUE CONFORMABA "mi hogar", la vida fluía con regularidad. Llegar a este espacio que compartía con mi hijo de ya ocho años y la pesada cruz de mi pareja era otro cantar. Debido a la irregularidad de mis ciclos menstruales nunca utilicé métodos anticonceptivos. Traba por todos los medios evitar tener relaciones sexuales. Una vez con un invento de un dolor, otras alegando que tenía la menstruación, y las veces que no lo podía evitar trataba de convencerlo para que utilizara preservativos, que dada mi circunstancia más que una medida de prevención de embarazo, era una medida de prevención de salud y un riesgo de ser agredida por el atrevimiento. Dadas estas circunstancias y con mucho dolor, decidí que no tendría más hijos, lo decidí y nada más, no lo consulté con nadie, simplemente fui al médico y le pedí que me aconsejara sobre algún método anticonceptivo que fuera fácil de utilizar y sobre todo, discreto. Me preguntó las razones para la discreción y no recuerdo la explicación, pero lo convencí con la mala o la buena suerte que cuando me hicieron la prueba de embarazo dio positiva. Una noticia agridulce, justo ahora que el nene estaba ya en la escuela y estaba ganando su independencia, y yo ansiaba regresar a la universidad a estudiar. Con un poco de frustración debido a mis circunstancias (no a la llegada del bebé) llegué a casa. Dejé pasar varias semanas antes de dar la noticia. Me negaba a ver la cara de satisfacción del sujeto, era como leer sus pensamientos

–"te jodiste, me tienes que soportar hasta que me dé la gana".

¿Y ahora cómo me haría para seguir adelante con mis planes? La frustración me duró poco, al cabo de varias semanas ya estaba entusiasmada con la idea de tener otro hijo. Le pedía al Todo Poderoso que fuera saludable y que nunca se diera cuenta de mis dudas en esos primeros días.

Todo era entusiasmo y felicidad por la llegada de mi nuevo bebé. Comencé a hacer cositas para cuando naciera, le hablaba de nuestros planes cuando naciera, que su hermano y yo lo esperábamos con mucho cariño. Este embarazo también me liberó de mi mayor carga: por nueve meses no tenía que cumplir con mi "deber" como mujer del caballero. Me auto diagnostiqué esta condición, y como nunca me acompañaba a las citas médicas, me fue más que fácil mantener la farsa.

No sé si por justicia divina, debido a mi negación de los primeros días, por negligencia, abandono de la vida, o mi destino, a finales del cuarto mes comencé a sentir unas punzadas en el vientre. Era un sábado en la mañana y estaba limpiando la casa cuando me empezaron los síntomas. Le comunique al caballero que me sentía un poco mal, que por favor estuviera pendiente, sabía que era pérdida de tiempo decirlo, pues sus fines de semana eran para su disfrute nadie ni nada se lo afectaban. Le dije que no me importaba que se fuera, siempre y cuando no se llevara mi carro, y esto to lo dije como lo escribo, MI CARRO, por si tenía que ir al hospital. Como ha de esperarse, no me hizo caso y salió disque para la barbería y dijo que regresaría casi de inmediato. Ese casi lo conocía y sabía que sería al amanecer, en estado de embriaguez, o al día siguiente. Continúe con mis tareas habituales de los sábados pero ya a eso de las 3:00pm el dolor era insoportable. Marqué todos los números posibles y no conseguí ayuda de nadie. Todo el mundo estaba ocupado con sus cosas. Vestí a mi hijo y fui a casa de una vecina para pedir ayuda pero ya había comenzado a sangrar. Cuando llegué al hospital lo inevitable había pasado. La flor que estaba creciendo dentro de mí, y a la cual le había puesto Flammy Marie, se había marchitado. Sus pétalos se habían caído y ya no había manera de hacerla vivir. Por primera vez sentí una verdadera derrota. Todo lo que había sufrido hasta ahora eran pequeñeces, cosas sin importancias; este sí que fue un golpe mortal. Una parte muy importante de mí se fue con esta pérdida y mi mayor dolor fue cuando escuché al médico decir:

-*"mamá* llegamos unos minutos tardes, ya no podemos hacer nada, la bebe murió". Continúo pensando cuánta responsabilidad tuve en la pérdida de mi única hija. Pero con el tiempo las heridas por más profundas que sean, son cubiertas con las cicatrices, aunque debajo sigan en carne viva.

Flamy Maire: te fuiste sin mí

Te fuiste sin mí, desgarrándome el alma
Te llevaste la luz de mi ser y mis esperanzas
Tú serías la mujer que curarías mis añoranzas
De encontrar otro ser que entendiera mis ansias
Se desfloró un capullo que serían rosas blancas
Rosas que me darían un soplo de paz y de templanza
Ya no lloro por ti, sé que la luz de tu estrella desde arriba me alcanza
Lloro por mí, que en las tinieblas que vivo no logro ver tu sonrisa
y me lleno de nostalgia
Mamá,
12 de noviembre del 1994

Rutas de muerte

CONTINUAMOS PONIENDO CAPAS SOBRE LAS heridas para ocultar en la profundidad del alma tanto dolor. Me quedaba una razón fundamental por la cual seguir adelante. Mi hijo, que ya estaba en segundo grado, y que a su corta edad veía o percibía cada cambio en mi estado de ánimo. Contaba con su sonrisa diáfana e inocente como única luz en mi oscuro vivir. Mi otro refugio, la lectura, llenaba mis noches de insomnios, que eran muchas, por no decir todas.

Ya mi chico reclamaba realizar otras actividades aparte de las escolares, así que hablé con una amiga profesora de la universidad y me recomendó unas clases de natación que ofrecía el Municipio de San Juan bajo costo. Sin miramiento ni autorización de ningún lado matriculé al chicho en las clases de natación. Ambos estábamos encantados, él con estar dos horas chapoteando en el agua, con tener nuevos amigos, y yo por salir del círculo vicioso de mi casa y conocer nuevas personas. Todo marcha de mil maravillas hasta que al caballero le entró el interés por asistir a las prácticas. Se terminó la paz.

Lo primero fue que tenía que dejar de hablar con cualquier integrante del grupo que usara pantalones. Tenía que moderar mi manera de reír, y por si fuera poco, tenía que procurar usar ropa menos provocadora para estar en un lugar donde había tantos hombres. De un lugar de respiro y sano esparcimiento para mí, las prácticas de natación se transformaron de la noche a la mañana en un lugar de represión y tortura. Las discusiones daban sus inicios desde el momento de la salida de la casa y las peleas sobre lo que teína puesto duraban hasta la hora de regreso junto con la inspección sobre a cuántas personas había saludado, y por qué me fascinaba estar donde estaban los hombres y no con las mujeres, mirando la novela del momento en un televisor portátil. De hecho, esta práctica de ver novelas no era solo de mujeres, también había hombres que no se querían perder ni un *capítulo de Café o Mirada de mujer*, pero para mí era tedioso y aburrido este asunto. Prefería hablar de temas más vulgares, como los acontecimientos del juicio del cerro Maravilla, la huelga de los universitarios, o cualquier otro tema de interés político o social.

Cada vez que pienso en estos diecisiete años de calvario, me doy cuenta que los seres humanos somos capaces de adaptarnos a las condiciones más adversas si entendemos que nos proporcionan un mínimo de seguridad. Una seguridad inventada, pues mi vida pendía de un hilo cada vez más delgado. Esta relación era una bomba a punto de estallar, y en su explosión arrastraría con todo lo que encontrara a su paso. Pero la costumbre a veces se confunde con el amor o se camufla con el miedo.

Saqué nuevamente mi mecanismo de defensa y me adapté a esta nueva realidad. Mi trabajo se convirtió en mi único espacio de felicidad y libertad. Hice todo el esfuerzo posible por mantener a mi hijo fuera de ese clima tóxico, o mejor dicho, creí haberlo hecho. Aun estando en las clases de natación me refugié en la lectura pero el vacío en mi interior era tan grande que comencé a realizar los arreglos para estudiar. Si tanto interés tenía en estar al tanto de los asuntos del nene, no le molestaría cuidarlo esos dos días de práctica mientras yo cursaba mi maestría. Le di vueltas al asunto y no sabía cómo afrontarlo, pero nuevamente el Divino Creador del Universo movió sus influencias y la fábrica donde laboraba el padre de mi hijo cesó operaciones en Puerto Rico. Acompañado con este desempleo vino con unas ínfulas de prepotencia. Debido a la suma de dinero que había recibido por años de servicios, dinero que se dispersó en un abrir y cerrar de ojos, entre viajes, salidas y más salidas. Esta euforia repentina detuvo por un tiempo mis planes de estudio. La omnipotencia que da el dinero hizo más inalcanzable el diálogo. Los días de abundancia pasaron, ninguna cuenta se puso al día, no hubo preparación para los tiempos venideros. Ahora el cien por ciento de la responsabilidad económica de la casa me correspondía, y aunque era mi tiempo de "gloria", me propuse aprovecharlo para negociar mi regreso a la universidad. Con un poco de astucia y un toque de fantasía, lo logré. Sabía que mientras más preparada estuviera más oportunidades en mi campo laboral tendría para progresar y utilicé la posibilidad de un acenso y mejores compensaciones como mi arma para comenzar a estudiar.

El "permiso" fue concedido, claro, con varias condiciones, no estudio viernes, ni sábado, solo dos veces en semana y las horas de realizar las asignaciones o tareas de estudios debían ser después de acostar al nene y haber compartido un rato con él en la cama. Este último punto fue el más difícil. Llevábamos años sin intimidad y ceder en este punto tan delicado para mí era como prostituirme a cambio del cuido de mi hijo. Siempre he pensado que la prestación no solamente se ejerce con desconocidos, nos prostituimos cuando prestamos nuestro cuerpo o nuestro pensamiento por cualquier bien material o inmaterial. Si una cosa aprendí de todo este proceso es que la dignidad nunca se debe negociar. Nunca debemos ceder nuestros principios y menos si se trata de nuestro cuerpo, a cambio de nada. Yo lo hice por mucho tiempo y aunque fue con la persona que "escogí" ante Dios y ante los hombres para compartir mi vida y por ende, mi cuerpo, el lastre más grande fue este. Me costó mucho trabajo perdonarme esa debilidad y mucho más trabajo recuperar mi dignidad como mujer, como ser humano. De esta experiencia llegó mi tercer retoño, entrando a mi primer año de maestría. Esta vez había aprendido la lección con la pérdida de mi pequeña Flamy Marie. No rechazaría y ni por un segundo esta nueva vida. Todo lo contrario: la vi como una bendición y una recompensa por tanto dolor y sacrificio.

Este embarazo, cómo el segundo, no contó con los arrullos, los mimos y todas las atenciones que me dio mi familia con el primero. Sin embargo, contó con todo el amor que soy capaz de dar y también, contó con el apoyo incondicional de mis compañeros de trabajo. De esta manera se repetía el ciclo, feliz fuera de casa, infeliz en casa. La gestación de este bebé fue muy difícil. Desde el principio mi salud comenzó a dar muestras de empeorar y era más tiempo el que pasaba en el hospital que fuera de él.

Mi rendimiento laboral bajó, se comenzaron a terminar mis días por en enfermedad y como consecuencia de ello, también bajaron mis ingresos. Esto último dio nuevos bríos al padre de mi criatura y regresaron los insultos, los malos rato, que complicaron también mi estado de salud. Entré en una depresión severa y aquel miedo irracional se transformó en ira, a tal punto que un día perdí por completo el sentido de la realidad.

Era un domingo en la tarde y regresábamos de un juego de pelota de mi hijo cuando se desató la tormenta. Transitando en una de las vías concurridas de nuestra área comenzamos a discutir por un asunto que no logro recordar, debido a esa capacidad anormal que tiene mi memoria de bloquear los momentos de mayor trauma. El asunto es que me entró una ira incontrolable, solo recuerdo mis gritos diciendo detén el carro y lo próximo que vi fue mi cuerpo rodando por el pavimento de la autopista. Ya contaba con nueve meses de embarazo. Sé que fui yo quien abrió la puerta y se lanzó a la vía de rodaje, mas no recuerdo como lo hice ni con qué propósito. Doy gracias al Divino Creador que esto no provocó la pérdida de mi hijo, pues no lo hubiese recuperado ni me lo hubiese perdonado jamás. Salí ilesa de ese incidente, y por unos días, todo regresó a la normalidad.

Los días transcurrieron y llegó el día del alumbramiento. Mi mayor preocupación era el cuidado de mi pequeño de ocho años, pero gracias a una buena compañera de trabajo, esta preocupación fue resuelta. Como mi embarazo era de alto riesgo tuve que ser trasladada al hospital de la capital, que aun con su mala fama en la calidad de servicio, para mí fue excelente el cuidado que nos dieron a mi pequeño milagro de vida y a mí. Como la vida se ha empeñado en hacer de mí una mujer con ovarios, el día antes de darme de alta del hospital tuve un paro intestinal y fue necesario dejarme hospitalizada una semana más. ¿Quién se haría cargo de mi pequeño, que ya había sido dado de alta y no podía permanecer en el hospital? La vida es así y las de algunas es más así que la de otras. Fue necesario que mi cuñada se quedara ese tiempo con él bebé, situación que nunca ha dejado de nombrar por los desmanes que pasó, las horas sin dormir, los embarres del nene, entre otras cosas. Pero como dice el refrán:

- "Nunca digas de esta agua no he de beber para que no mueras ahogada en ella".

Una semana después llegue a mi casa con un hijo en los brazos y otro agarrado de la falda para continuar con la vida que yo había escogido. Sí yo la escogí pues fue mi decisión casarme y más aún fue mi decisión o mi orgullo lo que me mantuvo diecisiete años en este calvario. Y digo mi orgullo, pues nunca quise dar mi brazo a torcer y regresar a mi familia derrotada y con la cabeza baja. Sé que me hubiera recibo encantados, pero esa no soy yo. La vida me ha enseñado a luchar, incluso a pelear con uñas y dientes por lo que quiero, y yo quería ganar mi libertad, recuperar mi dignidad a costa de lo que fuera, y la única manera de hacerlo era saliendo adelante por mis propios méritos.

Un Milagro de Amor

El regalo más hermoso me llegó un diez de octubre
a las doce del mediodía.
Conocía el milagro de dar vida a otro ser y contigo aprendí
otra forma de querer.
A través del dolor me llené de esperanza, desde
nuestro primer encuentro me quitaste la calma.
Desde mis entrañas revolucionaste el mundo
con tu ímpetu y tus ganas.
Luchaste contra todos, te impusiste en tu hazaña y con cada batalla
te ganabas la vida…aferrándote a esta con arrojo y valentía.
Luchador incansable desde tu primer día…peleaste por tu espacio
con ahínco y gallardía.
Cada día que vivías era un reto a la vida, a la ciencia, a los médicos
y a todos aquellos que en ti no creían.
En mi vientre crecías y desde allí me decías que serías impetuoso,
arrojado y valiente…que pelearías por lo tuyo sin importarte la gente.
Seis meses hacía que habitabas en mi ser y desde allí te imponías
y querías nacer.
Me guiaste a tu antojo, dictaste todas mis pautas, eras tú quien
regía mis senderos y causas.
Y en tu lucha y la mía te gané una batalla y naciste en la fecha que
la naturaleza manda, no esperaste el alba y perdiste la calma y saliste
a este mundo a la hora que a ti te dio gana.
Siempre estuve convencida que tu llegada a este mundo todo
lo cambiaría…que serías el artífice de tu vida y la mía.

Mamá,
11 de octubre de 1996

Con nuevas alas:
de regreso a la universidad

COMO YA HABÍA AGOTADO MIS días por enfermedad, no tenía tampoco mucho balance de maternidad, así que regresé al trabajo en aproximadamente un mes. Necesitaba mis ingresos y necesitaba respirar otro aire.

Regresar a mis labores en la universidad era suficiente aliciente para despertar mis deseos de continuar superándome. No hacía más que pisar el campus, cuando me picaba el mosquito de la libertad y deseaba con todo mí ser comenzar a estudiar. Dada las nuevas circunstancias, esta meta estaba más cuesta arriba. Ahora no era uno, sino dos niños para cuidar, y que con lo que ganaba apenas podía pagar el cuidado maternal del bebé y el período después de la escuela del nene mayor. Esto me puso en la disyuntiva de pensar la manera de abordar al padre de las criaturas para hablar sobre el tema, tarea que no fue nada fácil. Fue necesario volver a negociar con el "caballero" la posibilidad de estudiar, pues necesitaba que cuidara a los niños durante mis horas de estudios, que esta vez tenía que ser nocturnas. El acuerdo se dio, y como siempre, en condiciones degradantes y de humillación para mí. A veces, el fin justifica los medios, eso pensé yo en ese momento. Regresamos a la prostitución, palabra fuerte pero más fuerte es la experiencia, y como diría Sor Juana Inés de la Cruz en su poema "Hombres necios":

-*"¿Cuál mayor culpa ha tenido en una pasión errada: la que cae de rogada, o el que ruega de caído? ¿O cuál es de más culpar, aunque cualquiera mal haga; la que peca por la paga o el que paga por pecar?"*

Sí, efectivamente pagué el cuido de mis hijos con el oficio más antiguo del mundo, la prostitución, con mi propio esposo. Hay muchas razones por las cuales lo seres humanos vendemos nuestros cuerpos o entregamos nuestra dignidad. Esas razones solamente las conoce quien lo hace, y a veces ni las conoce, porque cuando hay miedo, la razón no alcanza. También soy consciente que como yo hay muchas mujeres en el mundo que por una razón u otra no ven nada malo en servir sexualmente a sus parejas, siempre y cuando tengan sus necesidades básicas cubiertas, o se sientan seguras económicamente. No las juzgo. También, soy consciente que muchos pensarán que es más fácil cuando se ejerce el oficio con el propio marido, que ese es un asunto común de todos los días. Yo solo puedo hablar de mi dolor, de mi realidad. Como cada ser humano afronta sus circunstancias es tan individual como la vida misma. Para mí esta degradación de entregarme por necesidad era peor que hacerlo con un desconocido y puede que este blasfemando con esto, pero no es lo mismo decirlo que vivirlo. A mi juicio lo más difícil es compartir esta intimidad para al día siguiente ver la cara de satisfacción de esa persona, imaginar qué pasa por sus pensamientos, si se está burlando de mi sufrimiento, si piensa que lo disfruté, que la pasé bien, porque en este oficio siempre hay que fingir disfrute y hasta suspiros, unas veces para adelantar el resultado final del proceso y terminar rápido, otras para evitar malos tratos y violencia. El acuerdo incluía, entre otras cosas, que podía estudiar dos veces por semana pero que luego de llegar a la casa solo le podía dedicar tiempo a los estudios después de haber cumplido con "mis deberes de esposa". Y así lo hacía, verificaba la libreta de mi hijo, chequeaba al bebé, limpiaba la cocina, me bañaba, e iba a la cama a cumplir con "mis deberes" para luego adelantar el desayuno y la comida del próximo día. Preparaba los bultos de los nenes y al final, con la poca energía que me quedaba, realizaba los trabajos o asignaciones de la universidad. La mayoría de mis estudios lo realicé entre mis horas de almuerzo en el trabajo, dos o tres horas en la madrugada, y los días de prácticas de deportes de los nenes. De esta manera completé los créditos de mi maestría. Cabe decir que me estaba prohibido hacer trabajos en grupo, tanto si incluían hombres, como si no. Al estar en la escuela graduada esta fue una de mis mayores dificultades: Prácticamente todos los cursos tenían como requisito realizar informes orales que incluían trabajo en equipo, destreza que era vital para este nivel académico. En muchas ocasiones pude hacer arreglos con los compañeros de clase, ya sea haciéndome cargo de toda la parte de investigación, de la redacción de los documentos, o las presentaciones. Luego ellos distribuían las partes del trabajo según su conveniencia, pues en este sentido me estaban haciendo un favor, por lo tanto tampoco en este particular tenía voz ni voto. Los ensayos o la practicas se hacían en mi ausencia y yo tenía que asumir lo que me dieran, y punto. En otras ocasiones fue necesario convencerlos de mi ausencia a las reuniones y hasta entrar en detalles de mi intimidad, explicar mi estatus de esclavitud, que a mi juicio no les concernía a ellos, pero era necesario para que comprendieran que no era por comodidad. Esta situación era extremadamente difícil para mí. Debido a mi reservada personalidad, nunca compartía estas situaciones con nadie. Como recordarán, no tengo la mejor experiencia teniendo amigas y menos confidentes, ni siquiera con mi familia.

A pesar de estas vicisitudes no me puedo quejar de la cantidad de ángeles guardianes que el Divino Creador ha puesto en mi camino. Estos ángeles a mí alrededor me facilitaban algunos procesos, aunque tampoco faltó uno que otro diablito que me lo obstaculizará. Uno de esos diablitos llego vestido de profesor. Este erudito, muy orgulloso de sus estudios en Harvard, no aceptaba el hecho que no pudiera asistir a las reuniones de equipo de trabajo que él había pautado los sábados en el restaurante el Hipopótamo en el pueblo de Río Piedras. Estas reuniones fuera de horario de clase eran requisito insustituible, o de lo contrario debía darme de baja de la clase. En este discurso el erudito pasó la primera hora de clase. Le solicite que si me permitía dialogar con él en privado para explicarle mi situación, más todo fue inútil. Me indicó que yo no tenía ni la más remota idea de quién era él y mucho menos lo que era realizar estudios graduados, que ya los añitos de escuela y ñeñé habían pasado.

-*"O te ajustas a las reglas del salón o no podrás aprobar mi clase"*.

Estallé en cólera y en medio de toda la clase expliqué mi situación, incluyendo los acuerdos que tenía con el padre de mis hijos y con los cuales tenía que cumplir para lograr mi meta de graduarme.

-¿Usted quiere una explicación? *Se la voy a dar. Yo estoy casada con un hombre, o lo que podríamos llamar un hombre, que controla hasta el aire que respiro, que decide qué ropa me pongo, con quién hablo, a dónde voy, a qué hora salgo o llegó y por si fuera poco, tengo dos hijos de ocho y un año, a los cuales él cuida mientras yo estoy aquí estudiando.*

- ¿Sabe cómo pago esos servicios? Acostándome con él, teniendo sexo todas las noches cuando llego a casa, quiera yo o no, demás está decirle que nunca quiero, pero no tengo opción, no tengo quién cuide a mis hijos, vivo sola en este país. No me está permitido salir de mi casa, y los fines de semana menos. Si necesito hacer algo como ir al supermercado, al médico el caballero en cuestión tiene que acompañarme. Cuando usted extiende su clase más del tiempo habitual tengo que salir de aquí corriendo como una demente, violar todas las señales de tránsito existentes para poder llegar a mi casa en el horario establecido. Sí, el horario establecido, media hora después que termine la clase, ni un minuto más. ¿Sabe lo que me puede pasar si por casualidad me retraso? Puedo perder el privilegio de estudiar y quizás hasta la vida. Es posible que la próxima vez que llegue tarde gracias a usted, y cuando ya no quede nada más que romper en la casa, puede que ese día sea mi cabeza

la que reviente contra la pared, y ojalá sea mi cabeza y no la de uno de mis hijos. ¿Le quedó claro por qué no puedo asistir a sus reuniones? Pero una cosa sí le voy a decir: ni usted, ni él, ni nadie me van a impedir que logre mi meta, mi boleto de libertad." Hay solo tres cosas que pueden arruinar mis planes, la vida, mis hijos, y la muerte.

En ese momento hubo un silencio total que para mí duró una eternidad. Por ese período de tiempo se podían escuchar los latidos de los corazones de mis compañeros, y el mío ni hablar, estaba al trote de un caballo de carrera en plena acción. Indignada y con lágrimas en los ojos recogí mis cosas y salí del salón sin terminar la clase. Deambulé por el campus de la universidad por espacio de dos horas, tiempo que duraba la clase. Luego, yo calmada, me dirigí a mi cautiverio, a mi casa.

El próximo día, al llegar a mi trabajo, verifiqué mi correo electrónico como de costumbre, y tenía un mensaje del profesor solicitándome que regresara a la clase y que si podía llegara unos minutos antes para que dialogáramos antes que llegara el resto de los estudiantes. Salí a toda prisa del trabajo y llegué faltando apenas diez minutos para el inicio de clase. Para mi sorpresa, todo el grupo estaba allí y me recibieron de pie, nadie pronunció una palabra. Pasada la sorpresa, el profesor me mandó a sentar y fue él quien habló esta vez.

Quiero que sepas que después de tu retiro de la clase la semana pasada todos, incluido yo, nos quedamos petrificados, dimos por terminada la clase y le pedí a tus compañeros que recomendaran cómo vamos a manejar los trabajos del curso de ahora en adelante. Nos diste una gran lección con tus palabras, y por decisión del grupo las tres reuniones en el famoso restaurante se realizaran dentro del horario de clase. Aun con este cambio, tuya es la decisión de participar o no. Con la salvedad que esto no afectará tu calificación en la clase y que no importa lo que decidas, sigues siendo parte vital de este grupo. Gracias por compartir tu experiencia y perdóname por haberte expuesto de esa manera.

Con este altercado aprendí dos lecciones: la primera, que no podemos ver malas intenciones en todo lo que nos rodea por más lastimada que una esté, la segunda, que aun de las peores experiencias podemos sacar algo productivo.

El propósito del profesor era que hiciéramos unas observaciones del comportamiento de las mujeres al llegar al restaurante: después del primer trago, después del segundo y durante el tiempo que estuviéramos allí, que sería de aproximadamente una hora. De nuevo levanté mi voz de protesta. Ahora creo que como era uno de los pocos lugares donde me atrevía a expresarme, tenía siempre el guante puesto para enfrentar lo que fuera, y hasta cierto punto desquitar mi coraje con el mundo.

Me chocó y protesté sobre por qué tenía que observar a las mujeres y no a todos ¿Por qué siempre es la conducta de la mujer la que está mal? Lamentablemente, y a pesar de mis berrinches, confirmé el postulado del profesor. Era cierto y me parecieron muy interesantes y valiosos los resultados de este trabajo de observación. Claro, también hice mis anotaciones sobre el comportamiento de los hombres.

Comparto algunos datos de estas observaciones. Lo primero es que las mujeres, estén solas o acompañadas, cambian su comportamiento de manera más significativa que los hombres una vez consumen las primeras dos copas o tragos. Rompen la protección de su espacio vital, es decir, se acercan más a sus interlocutores, sin importar el género, ingieren con más prisa los primeros tres tragos o copas, mientras que los hombres, a nivel general, se lo toman con más calma. Su comportamiento en términos de acercamiento o aproximación hacia sus acompañantes permanece prácticamente igual, antes o después de los tragos. Sí son pegajosos, tocones o manoseadores. Lo son y punto. Aprendí mucho de esta experiencia y lo disfruté también. De hecho, aún no he probado un emparedado mejor que el de este lugar, anuncio no pagado. Estas observaciones nunca formaron parte de una investigación formal ni nada que se le parezca.

Otros hechos acontecieron durante estos dos años de estudio, algunos menos dramáticos, pero muy significativos para mí. Como todo buen drama, el final de mis años de estudio de maestría no podía terminar sin un final de tragedia griega.

Llegó el día tan esperado para mí, la presentación de mi tesis de estudio al comité evaluador, quien tenía la última palabra para que cumpliera con los requisitos de graduación.

Era un jueves de mediados de mayo y pedí el día de trabajo libre para recoger la tesis en la imprenta donde la estaban encuadernando, para luego llegar a mi casa, repasar un poco la presentación y arreglarme para el gran acontecimiento. Con todo el estrés de final de semestre, el trabajo, y mi contrato de esclavitud, apenas tenía tiempo para descansar. Llevaba varias semanas sin dormir y para variar ese día le solicité ayuda al caballero. Le dije que estaba extremadamente agotada, que por favor me llevara a la universidad esa noche para no tener que conducir. Temía que de regreso el cansancio me venciera y me quedara dormida. Como ha de suponerse, el caballero se negó rotundamente. Con la poca energía que me quedaba, me presenté a defender mi tesis, logré hacerlo con aplomo y seguridad, y conseguí la ansiada aprobación. Todo mi grupo se dirigió a la casa de una compañera para la celebración de tan importante logro, y yo salí directo hacia mi casa. No podía quedarme a compartir con mis compañeros. El proceso se había retrasado más de lo estipulado y pasadas las once de la noche ya estaba retrasada media hora más de mí tiempo permitido para llegar a casa.

Salí muy contenta pero asustada a la vez, no sabía qué consecuencias me traería ese retraso. A pocos metros de la universidad me detuve a esperar el cambio del semáforo y me desperté con un golpe estrepitoso. No tenía idea de lo que había pasado hasta que por el lado izquierdo se me acercó un caballero y tocó el cristal. Lo que sucedió fue que me había quedado dormida y solté el freno, lo que me llevó a parar con una guagua que tenía de frente. Al estar detenidos los vehículos el impacto no fue de mayor envergadura, pero el susto fue enorme. Este era mi primer accidente automovilístico y estaba hecho un manojo de nervios. No sabía que decirle al señor, que se bajó de la guagua y estaba a mi lado con cara de consternación. Cuando me observó y vio que estaba formalmente vestida, preguntó qué de dónde venía. Le expliqué que acababa de salir de presentar mi tesis, que tenía varios días sin dormir y me venció el cansancio, que me perdonara y que pagaría cualquier daño que le hubiese ocasionado. Sí seguro, con qué dinero. No tenía seguro de ninguna índole, ni dinero, y para ese entonces el seguro compulsorio no existía. Pero en mi mente lo único que existía era el temor por ver el reloj correr y lo que me pasaría si llegaba después de las doce a mi casa. Lo mínimo sería que tendría que dormir en la calle, pensando en el castigo menos malo.

En ese momento y gracias a la divina misericordia, llegó otro angelito a mi vida. Lo menos que le preocupó al Caballero, con letra mayúscula muy merecida, fueron los daños a su vehículo. Se ocupó de que me estabilizara, me calmara, me felicitó por mis logros y para mejorar la situación, o eso pensé yo, se ofreció a escoltarme hasta mi casa para asegurase que llegara bien: gran error. Debido a mi retraso, el caballero, con minúscula que ocupaba un espacio en mi casa me estaba esperando con la puerta abierta y en posición de combate. Al verme llegar no me dejó ni estacionar adecuadamente, solo me gritó que quién carajo me creía que era él, un pendejo que se queda haciendo de nana mientras yo estoy por ahí haciendo no sé qué vagabundería. Hasta el momento no se había dado cuenta de mi escolta y mayor fue su ira cuando vio al Caballero, que preguntaba si todo estaba bien. Los insultos que recibió este ángel enviado del cielo fueron enormes y a pesar de mi poca discreción con las palabras altisonantes y obscenas, no soy capaz de reproducirlas en este escrito. Para concluir este episodio lamentable, el caballero se despidió y el otro ser continuó con su discurso de obscenidades, dando patadas y destruyendo todo cuando encontraba a su paso. Yo detrás de él suplicándole que parara para que no asustara a los nenes, que dormían. Acto seguido me arrancó las llaves del carro y salió chillando gomas y se fue a no sé dónde. Esa fue mi celebración por terminar mis estudios de maestría.

Una vez graduada conseguí el ansiado ascenso en el trabajo, un mejor salario, mejor estabilidad para mis hijos y para mí. Como siempre he creído que la única manera de mejorar la calidad de vida de aquellos que no nacemos con fortuna es la educación, tomé la decisión de sacar a mis hijos de la escuela pública y matricularlos en un colegio donde tendrían mayores oportunidades. Para mí también era más conveniente, pues no tenía que volverme loca cada vez que faltaba un maestro y me llamaban para recogerlos en la escuela porque no tenían clase, y así lo hice. Encontrar de la voluntad del padre de las criaturas, quien veía en esta decisión un desperdicio de dinero. Los matriculé en un colegio católico, con muy buena educación, principios, y seguridad.

¡Cuando la vida te dé la oportunidad de reír, bailar, saltar, gozar, hazlo para cuando llegue el momento de la quietud, de esperar, de llorar lo hagas en calma y con la convicción que ambos momentos son parte de la vida misma!

Me arranqué la piel:
la piel del miedo a lo desconocido

DESDE ESTE DESAGRADABLE EPISODIO PASARON varios meses y nada mejoró, a veces pienso que soy idiota si albergaba la más mínima esperanza de que algo mejorara en este ser, pero las mujeres a veces tenemos ese complejo de redentoras que en nada nos ayuda a progresar. Por el contrario, nos mantiene atada a situaciones insufribles, por confiar en nuestra absurda capacidad de hacer de un sapo un príncipe. ¡Por Dios, ya ni en los cuentos los besos transforman, y las mordidas menos!

Siempre escuché decir a mi madre que era capaz de soportar cualquier vicisitud, siempre y cuando no tocaran a sus hijos, y yo, sin saberlo, era de la misma especie. Los desenlaces en la vida real no son como en las novelas, y como esta historia comenzó con el final, los eventos van y vienen según lo marquen las circunstancia o lo permita yo. Y el momento de cerrar este capítulo de mi vida llegó.

Era sábado en la tarde y llegamos de unos de juegos de pelota de los nenes. Para ese entonces jugaban los dos, aunque claro, en diferentes categorías. Como dije antes, este era uno de mis pocos momentos de esparcimiento, y debido a ello, nunca faltaba a prácticas o juegos, lo que trajo como consecuencia que fuera nombrada tesorera del equipo y encargada de llevar las anotaciones o los récords de los juegos. Estábamos a finales de temporada y ese día se cuadraron todas las cuentas pendientes para evaluar el balance y planificar la celebración de cierre de la temporada. La cantidad recaudada ascendía a unos tres mil dólares y ese dinero estaba en mi poder. De regreso, y sin causa aparente, comenzaron las discusiones, discusiones que más bien eran un monólogo de gritos e insultos. Sabía que no podía contestar y enfurecer más al monstruo, sobre todo con los nenes durmiendo en la parte de atrás del carro. Le dije que se calmara, que no había motivos para estar enojado, si es que cabe esta palabra, que podíamos seguir "hablando "sin necesidad de gritos, para no despertar a los nenes. Nada de esto valió, así que, opte por mantenerme callada aun sabiendo que esto lo enfurecía más; llego el momento en que nos acercamos a un transporte de carga de carros con sobre veinte vehículos y esa fue la oportunidad para realizar el acto de mayor terror de mi vida. Aceleró a toda velocidad para que fuéramos tragados por el vehículo de carga y creo que solo la mano del Todo Poderoso nos libró de una muerte segura. El camión aceleró un poco y frenamos a escasos centímetros del mismo. Viré la cabeza hacia mis hijos, que se habían despertado probablemente con el frenazo, y me puse histérica. Los vi asustados pero bien, sin heridas ni rasguños, y de ahí en adelante recorrimos los restantes kilómetros hasta la casa en completo silencio. Solo lágrimas rodaban por mis ojos y la firme convicción que esto ya era insoportable, que la próxima vez no correríamos la misma suerte. Al llegar a la casa metí a los nenes en el baño, los puse a ver televisión en lo que les preparaba algo de comer y los enviaba nuevamente a dormir a la cama. Ellos se negaban a dormir, por lo que me fui al cuarto con ellos para tranquilizarlos. Aproveché este momento para guardar el dinero de la cuota del equipo, y en esos momentos entró el caballero solicitándome que le diera el dinero de la cuota del equipo, supuestamente para guardarlo. Me negué rotundamente. Luego de exigir, discutir y forcejear, me dijo que le prestara doscientos dólares, que tenía unos asuntos pendientes. Para calmarle, le dije que eran las diez de la noche, que se los daría al día siguiente, pero seguía insistiendo. Cuando le dije un no definitivo y contundente y me salí del cuarto de los nenes para evitarles el mal rato, me siguió, me empujó y arrinconó en el cuarto de lavar la ropa. Me sostenía con su rodilla pegada a la lavadora. No pude más y le respondí los empujones y los insultos, sin darme cuenta que detrás de nosotros estaba mi hijo mayor, con apenas unos once a doce años, con un bate de jugar pelota en la mano, demándale a su padre que me soltara inmediatamente o le arrancaría la cabeza de un batazo. El mundo se me vino encima y con toda la fuerza de la que soy capaz lo empujé y me zafé de su agarre para ir a proteger a mi hijo, a quien el tipo solo miró con una gesto de furia y le ordenó que no interviniera, que se quitara del medio, que ese no era su asunto. Le hice señas al nene que pidiera ayuda y niño al fin intentó coger el teléfono para llamar, pero este le fue arrebatado. Le arrancó todos los cables, destruyó y lo tiró al piso. Corrí a la habitación, y con la esperanza que me siguiera a mí, que era su objetivo, y así lo hizo. Me quito parte del dinero cogió las llaves del carro, y se fue como de costumbre, llevándose todo a su paso y acelerando a toda velocidad.

A pesar de todo, sentí un gran alivio. Recogí a mis hijos y nos refugiamos en mi habitación, que tenía la puerta de madera sólida. Puse todos los muebles detrás de la puerta: el sofá, el tocador y las mesas de noche para impedir que pudiera entrar mientras dormíamos, aunque no pude dormir ni un segundo. Mi reafirmación del final estaba más clara que nunca y pensaba planteársela en cuanto llegara, rogándole al Todopoderoso que esperaba que fuera dentro de mucho tiempo. Pero no fue así. Como a eso de las dos de la mañana llegó peor que antes. Al darse cuenta que no podía entrar al cuarto, comenzó a darle patadas a la puerta. Como sabía que tarde o temprano la puerta cedería, vestí a mi nene mayor y le di dinero para que saliera por una puerta que unía nuestra habitación y luego por la marquesina hacia la calle, que llamara a su tía y le contara lo que estaba pasando para que vinieran a buscar a su hermano. Le indiqué que si la conseguía, que llamara al otro número que era la policía, que no se asustara por esto último, que estábamos haciendo lo correcto. Me sentí miserable por darle esta carga y esta responsabilidad a un niño tan pequeño. Era esa la única opción, o arriesgarme a que me matara junto con los nenes. El sujeto estaba tan fuera de sí e inconsciente que cuando le dije que la policía estaba en camino, me dijo que sí, que llegaran, que solo muerto lo sacaban de la casa y que vería como me las arreglaría cuando sus hijos me reclamaran que por mi culpa lo habían matado, y frente a ellos. Mi cuñada llegó con su esposo y unos minutos más tarde llegó la policía. Como dice el refrán, no es lo mismo llamar al diablo que verlo venir, así, cuando llegó la policía se calmó y se fue de manera casi pacífica con su hermana.

Al día siguiente cambié todas las cerraduras y los candados de la casa. Les dije a los niños que bajo ninguna circunstancia le abrieran la puerta a su papá. El pequeño, que aún no entendía y que a mi juicio fue el más afectado con toda esta situación, me miró con cara de ¿Por qué, mama? Le dije que papá estaba enfermo, que necesitaba ayuda y que luego lo podríamos ver. Mi hijo mayor, al cual le hice tanto daño dejándolo crecer en un ambiente tan tóxico, solo miraba y suspiraba, podía leer su coraje y frustración a través de su tierna carita.

Al día siguiente era domingo y regresó a recoger sus pertenencias, si es que tenía alguna, porque hasta la ropa interior que usaba se las había comprado yo. Pero eso no viene al caso. Le entregue sus cosas personales y nada más. Era lo justo. Tuvo el descaro de reclamar por un televisor y un abanico, a lo cual me negué, porque no había puesto ni un céntimo para la compra de los mismos.

Desde ese momento fui bautizada por él y sus familiares como la mujer del corazón de piedra. La mujer que lo había usado, destruido, y luego arrojado a la calle con las manos vacías. El corazón de piedra lo tuve cuando por las razones que fuera permití que dañaran a mis hijos de esta manera, cuando les permití crecer en un infierno, cuando les dejé ver como yo perdía mi dignidad cada día y no hacía nada para solucionarlo, cuando antepuse mi superación personal a su felicidad. Corazón de piedra, seguro que Sí.

¡Tu vida no tiene que estar en perfecto orden ni libre de problemas para ser feliz. Lo único que necesitas es sumar tus bendiciones, restar tus desdichas y te darás cuenta que tienes más razones para ser feliz que para no serlo. Sé feliz!

La necesidad, la madre de la invención: aprendiendo a vivir, con $20, sin compra, sin gasolina

TERMINÓ LA PESADILLA DEL FIN de semana y llegó el lunes, el día de afrontar otros demonios, la vergüenza y la falta de honradez. Ese día debía entregar el cuadre del dinero de la cuota del equipo y faltaban más de quinientos dólares, lo que representaba exactamente el presupuesto que tenía para pagar el colegio de los nenes, que era de trescientos sesenta dólares, comprar los alimentos de la semana, incluyendo los tres dólares para la compra de chucherías que le daba a los nenes, dos para el grande y uno para el pequeño. A estos gastos había que sumarle la gasolina y de ser posible, algún antojo para mí o imprevistos.

Llegó el lunes y el momento de tomar la decisión de cuales gastos iba a poder sufragar. Ninguno fue cubierto. No tuve el valor de presentarme a la reunión del equipo de pelota de los nenes con una excusa para no entregar el dinero, y mucho menos de ausentarme. Aunque lo pensé no fui capaz. Tome prácticamente todo el dinero disponible y cuadré las finanzas del equipo y me quedé con veinte dólares para todos los gastos antes mencionados, incluyendo la alimentación de mis hijos de esa semana. Así que me tocó sobrevivir una semana con este gran presupuesto.

Realicé una inspección en la alacena y me quedaban dos cajas de leche, medio pote de *quick*, salsa de tomate, y aceite.

Me fui de "compras al supermercado" y compré dos paquetes de arroz por un dólar y veinte centavos, cuatro paquetes de perros calientes, por dos pesos, una caja de mezcla de panqueque, por un dólar ochenta y nueve centavos, un cartón de huevos por un dólar y una tarrito de mantequilla cincuenta centavos. Gasto total, $9.59. Balance disponible, $10.41. Hablé con los nenes sobre los ajustes de esta semana, especial sobre todo con los chavitos de la merienda, que bajaban de dos dólares a un dólar y a cincuenta centavos para el pequeñín. Solicité colaboración, y para mi sorpresa, lo recibieron con mucha madurez.

A raíz de esta pequeña crisis económica, y ahora con menos de cinco dólares disponibles, eché tres dólares de combustible y le rogué hasta a los dioses del Olimpo para que la aguja subiera por arte de magia. Bajo estas circunstancias pudimos llegar hasta el jueves, ya el viernes no había gasolina para llegar al trabajo, así que decidí tomar la transportación pública con los sesenta y nueve centavos restantes. Para llegar a Río Piedras gasté los primero veinte y cinco centavos y con el resto llegué a Carolina, sobrándome solo nueve centavos. Ese viernes era día de cobro, por lo tanto, si la suerte me acompañaba podría cobrar y solicitar a algún compañero que al medio día me llevara hasta el banco para cambiar el cheque. Así aconteció y aunque llegué con una hora de tardanza a recoger los nenes en el cuido, ese fin de semana fueron a sus juegos como de costumbre y al salir los recompensé comprándoles los antojos que quisieran para comer. Era una manera de agradecer que hubieran comido mi menú de arroz blanco guisado con perros calientes. Como diría en mi país, locrio, arroz planco con perros calientes en salsa el martes, arroz blanco con perros calientes fritos el miércoles, arroz blanco con perros calientes y huevos revueltos, el jueves. Si quieren la receta de las mil y una formas de hacer perros calientes, me escriben a mi blog. También les enseño cómo hacer cremas deliciosas con harinas de panqueque y cómo hacer de una crisis una aventura, haciendo panqueques regulares, con almendras de playa recogidas en el camino, con sabor a fresas sin tener fresas, solo con un toque de *nesquik*.

Nostalgia

Hoy me levanté con un poco de nostalgia, de ese sentimiento bueno que te lleva a recordar momentos vividos y que te forjaron en el ser que eres. Me llega a la mente la creatividad de mi hermosa y amada madre, Evelina. Una mujer para la cual todo era y es posible, recuerdo cuando tomo la valiente decisión de romper con el ciclo de violencia doméstica en la que vivíamos y que en esa época era solo el "comportamiento común de ser hombre".
Salimos de la Ciudad Capital para La Romana con prácticamente nada y ella nos decía no se preocupen mis amores que cada niño nace con su pan debajo del brazo y con su favor no nos va a faltar nada y así fue. Aunque ahora estoy consciente que hubo momentos que faltó todo, menos amor, mi hermano y yo nunca sentimos que faltará nada. El amor incondicional de una madre es capaz de todo hasta de hacer que el arroz blanco con aguacate sepa a manjar de los dioses y con ella aprendí que el mejor chef no es el que cocina más rico con todos los ingredientes, es el cocina más rico con lo que tiene.
Como recuerdo ese rico arroz a lo Eve, producto del sobrante del concón "pegao" del día anterior, con un poquito de agua y aceite de oliva, uhhhhh que ricooo. Esa misma mujer que lo dejo todo, "seguridad", comodidades, personal de servicio, propiedades etc., se levantó como el ave Fénix logro no solo darnos y darse calidad de vida también, superó con creces todas aquellas cosas materiales que habíamos perdido, pero lo más importante nos enseñó que se puede perder todo menos la dignidad.
La vida no sería vida si lo tuviéramos todo bajo control, sin una chispa de suspenso, de incertidumbre. Necesitamos dificultades, tropiezos y hasta desilusiones para conseguir ese impulso y despertar nuestro ingenio creativo.
Gracias mami por tu creatividad y gran amor!

Después de todas estas experiencias nos estabilizamos tanto emocional como económicamente. En la parte emocional no estoy muy confiada que lográramos estabilizarnos y superar esos años de crisis, pero hice lo mejor que pude, o eso creo. Sobre las finanzas fue necesario buscar nuevas formas de añadir más ingresos a la familia. De ninguna manera quería afectar más a los nenes cambiándoles sus rutinas y hábitos. No era negociable afectar la educación de los niños ni su derecho a practicar un deporte que los mantuviera en buena condición de salud y alejados del ocio. ¡Lo logramos!

Conformamos un equipo de trabajo y nada les era ocultado. Nos sentamos en la mesa a realizar el presupuesto, esto es lo que gana mamá, esto son nuestros gastos y ellos mismos se daban cuenta

-*"diantre mami pero si nos faltan como quinientos dólares para pagar todo"*, me decían que les permitiera trabajar para ayudarme, que querían vender periódicos, cortar grama, lo que fuera para ayudar, cosa que nunca permití y que hoy me pregunto si fue un error el sobre protegerlos tanto. Por otro lado, los hacía participes del proceso de otro modo. Para poder pagar las cuotas de los juegos de pelota y comprar los materiales e uniformes, trabajábamos en las cantinas de los parques. Yo me encargaba de atender la cantina en todo sentido, hacer la compra, cocinar, vender. Ellos me ayudaban en su tiempo libre, despachando los pedidos de los clientes, cobrando, y luego dejando toda el área limpia, incluyendo el área de las gradas y los baños. Éramos los primeros en llegar y los últimos en salir del parque de pelota, y así, sucios y harapientos nos deteníamos a comprar un rico mantecado o a ir al cine antes de que el cansancio nos venciera. Fuera de este trabajo, en la casa hacíamos sofritos para vender y arepas de harina de trigo de todos los sabores, de coco, canela, vainilla. Mis nenes ayudaban a cortar y empacar y lo que más les gustaba, a cuadrar las finanzas cuando entraban los chavitos para ver qué sobraba y ahorrar para un poco de diversión, o hacer algún viaje a Vieques, o a algún pueblo de la isla, o la República Dominicana. Este último casi siempre era su destino final. Al terminar el año escolar, por varias razones, no les gustaban los campamentos de verano y tampoco ir al cuido fuera del semestre escolar. Cuando pasaban las vacaciones yo me reunía con ellos en el mes de julio y la pasábamos fantástico.

Ya con los chicos más grandecitos, queriendo cambiar el ambiente donde vivíamos y viendo que mi hijo mayor ya era un adolescente, decidí comenzar a ahorrar para que nos pudiéramos comprar nuestro propio espacio y salir del casco del pueblo donde residíamos y no nos sentíamos seguros. En una oportunidad y debido a que la pared de nuestra habitación daba a la acera de una de las calles más concurridas del pueblo, tuvimos que dormir en el piso. Se escucharon unos disparos y lo sentimos como si fuera dentro de la casa. Asustados como estábamos no, nos atrevimos a salir y el siguiente día vimos las manchas de sangre en la pared justo donde estaba nuestra cabecera. Bueno, no les he contado que después que nos liberamos del opresor generalmente dormíamos los tres juntos durante los fines de semana. A raíz de este incidente esta práctica se extendió a toda la semana. Hasta cierto punto me sentía culpable de sus temores, de sus inseguridades y muchas veces pensé que no debía haberlo privado de crecer con su padre. Pero seguimos adelante.

Hablé con mi equipo de trabajo y los tres mosqueteros nos pusimos de acuerdo que para poder comprarnos una casita o un apartamento en otro lugar debíamos sacrificarnos un poquito más y ahorrar. De esta manera comenzó una nueva aventura en la cual fui descubriendo que tenía más deuda que los países subdesarrollados con el banco mundial. Entre estas deudas había un préstamo con una financiera que estaba a nombre de los dos y para el cual no había firmado, por $12,000, una cuenta con una compañía de teléfono por $3,000, y otros gastos menores como tarjetas de crédito, cuentas de cable, y tarjetas de tiendas por departamento que nunca utilicé ni conocía de su existencia.

El camino para salir de todas estas deudas era largo pero lo emprendí con toda la tenacidad de la que soy capaz y afirmé que después de ganar mi ansiada libertad ninguna deuda, por grande que fuera, me iba a detener. Les informé a los nenes que los planes tendrían que demorar un poquito, que primero mamá debía cumplir con unos compromisos económicos y luego iniciamos la búsqueda de nuestro anhelado hogar. No quise entrar en explicaciones de la procedencia de esta deuda, pues no quería agobiarlos más, y mucho menos lacerar más la imagen de su padre. Me puse manos a la obra y comencé a saldar cada una de las deudas, hasta la última. Después de cinco largos años logré saldar cada una de ellas y con esto dar el segundo pasito hacia nuestro anhelado sueño de un hogar propio y seguro.

Ahora llegaba el otro reto: cómo corregir todo el historial negativo de mi reporte de crédito para retomar el ahorro e iniciar de nuevo el camino hacia nuestra gran ilusión de cambiar de entorno y definitivamente comenzar una vida nueva.

Después de casi dos años de batallar con los bancos, las financieras y los corredores de bienes raíces, logramos la aprobación del préstamo para la compra de nuestra nueva casa, de nuestro hogar. Una tarea ardua, que como siempre, contó con la ayuda de varios de esos ángeles que el Todopoderoso siempre ha puesto en mi camino. Para ese entonces mi hijo mayor ya se había graduado de escuela superior y se encontraba estudiando en una universidad en el estado de Texas.

¿De qué vivo?

Si la imaginación alimenta mi alma y el deseo alimenta mi cuerpo...
¿Dónde habitará mi alma, si no alimento mi cuerpo?
Si tan sólo mi cuerpo alimento...
¿Qué será de mi alma en este espacio desierto?
Si mi alma alimento con el recuerdo de tus versos...

¿Se secará mi cuerpo de tantos sueños funestos?
Más si alimento mi cuerpo con el néctar de tu aliento
¿Divagará mi alma al confín del universo?
¿Cómo hago con mi cuerpo que reclama de tu encuentro?
¿Qué pasará con mi alma, que tiene como
alimento momentos que son inciertos?

¿El amor, lo busco o lo espero?

Después de libérame del cautiverio, pasaron muchos
años sin que me diera cuenta de mi precaria existencia.
Enterré a la mujer para darle paso a la madre "perfecta".
Durante este tiempo mi único norte, mi única meta eran
mis hijos. Procurar su bienestar físico y emocional se
convirtió en mi armadura, una coraza que me inventé
para protegerme de cualquier ser humano que se acercara
con intenciones amorosas, románticas o sexuales. Pero
los hijos no son de nuestra propiedad, crecen reclaman su
identidad, su espacio y hasta su independencia y justo ahí
es cuando me di cuenta de lo sola que estaba, que tenía
un vacío existencial que ya no lo llenaba la lectura, las
actividades de los nenes, ni siquiera las visitas a la iglesia.

¿Y que hace una mujer marcada hasta la medula por el maltrato,
desmoralizada, acomplejada y con dos hijos adolescentes? ¿Dónde
busca el amor? Si es que hay que buscarlo o simplemente detenerse
mirar para el lado e identificarlo. Les diré que no salí a buscarlo y
no fue por rescatada ni por falta de deseo, fue por miedo. Miedo a
ser dañada nuevamente, a no ser aceptada, a ser utilizada pues de
nadie es desconocido que las mujeres divorciadas a veces somos
vista como carne disponible y de bajo costo.

Acompañada con todo estos complejos estaba mi xenofobia
invertida, donde el hecho de ser dominicana a mi juicio me
hacía más vulnerable para ser usada y desechada. Este último

tema o complejo es algo que en ocasiones me llevo a tratar de camuflajear mi nacionalidad y hasta negarla. Quería demostrar a toda costa que los dominicanos somos personas inteligentes, que podemos desempeñarnos profesionalmente y hasta tener gusto por la música clásica, la ópera, las artes plásticas. Todo trabajo es digno como lo es todo ser no obstante, los estereotipos que se les atribuyen a las personas por su nacionalidad también son un lastre que cargamos y nos afectan.

¿Qué tiene esto que ver con encontrar el amor? Mucho. No falto un galante caballero que me invitara a compartir un rato más. Cuando le explicaba que la invitación debía incluir a mis dos vástagos y ser a un lugar apropiado para ellos. Eso era otro cantar. Uno que otro se aventuró a vivir la experiencia para terminar desencantado después que mis modestos hijos pidieran un plato de seviche o ensalada de marisco y el caballero se tuviera que consolar con chicarrón de pollo. Es que mis hijitos en cuanto entraban al restaurante se les olvidaban todos los consejos y las recomendaciones que le daba. Así que estas salidas terminaban en debut y despedida.

Cuando se dio la ocasión de salir sin mi escolta fui yo que después de la primera salida bajabe el telón y no lo volvía a levantar. Unas veces por lo inapropiado del lugar y aquí sale uno de mis complejos. No a todas las dominicanas nos encantan las barras y la bachata y menos para una como yo que creció con una abuela que decía que bailar bachata era la primera practica para ser prostituta. Hoy disfruto de bailar este contagioso ritmo y lo celebro como parte de mi cultura pero en esos tiempos era una ofensa para mí.

Otras salidas terminaban en la consabida frase, ¿en tu casa o dónde? A lo cual generalmente contestaba con mucha "ingenuidad" Ese dónde del próximo encuentro lo determinamos después, te llamo. Pero la soledad sigue ahí, carcomiéndote la vida. Estar con uno mismo es divino, encontrarte con tu yo, ya sea para reclamarle por las estupideces cometidas o para regocijarte en tu ego por todo lo que has logrado es divino. Siempre hace falta un hombro sobre el cual llorar, una mano que te sostenga cuando tropiezas, una cara con quien sonreír y una boca a la cual besar.

La compañía para esa soledad llegó de varias maneras, unas veces vestidas de tentación en el cuerpo y la cara de un joven muchos años menor o en la astucia y la experiencia de vecino "separado" de la esposa por ser un hombre muy apasionado y mal correspondido. Estas tentaciones se quedaron en mis sueños para escribir otra historia y me concentré en observar y esperar por la recompensa del que con paciencia aguarda la dadiva de lo alto. Recompensa que llego con ojos de mar, cuerpo de guerrero y espíritu aventurero.

Tentación!

Aléjate de mí halcón de las colinas No vez que soy solo una pequeña golondrina que vivió muchos veranos en otras lejanías

Aléjate de mí con toda tu gallardía, que tus horas y mis horas se encuentran a porfía

Aléjate de mí no vaya a ser que mis alas de tanto reprimirlas se batan tempestivas, y derrumben las colinas donde te posas cada día

Aléjate de mí que si vuelo a tu encuentro, te quemare con el fuego que emana de mis adentros

Aléjate de mí que si libre estuviera me perdería en tu hoguera, aunque fuera un segundo de mi última primavera

Aléjate de mí que tus ganas son nuevas y las mías dormidas por el uso y el tiempo, despertaron enloquecidas por tu mirada perene que me quita el aliento

*Aléjate de mí que de solo respirarte mis volcanes ya secos hoy sus
lavas esparcen, encendiendo a su paso cada gota de mi sangre*

*Aléjate de mí no perturbes mis sueños que por ti soy capaz de
apostar al infierno, si tan solo rozarás con tus plumas mi cuerpo*

Alejaste de mí...

Cuando hecho una mirada retrospectiva a los que fueron
estos años de mi vida, tengo que decir que han sido mi mejor
escuela, mi formación como ser humano, como mujer, como
madre. No obstante, cuando miro a mis hijos, sus aciertos
y desaciertos, sus inseguridades, sus intentos fallidos, me
pregunto. ¿De cuánto soy responsable? ¿Qué marcas dejó todo
este drama en sus vidas? ¿Hubiese podido yo evitar todo esto?
Estas y muchas interrogantes más me persiguen cada día. Son el
norte para mantenerme firme en mis principios, para levantar la
voz cuando veo alguna injusticia, para entender cuando veo a
una mujer que lo antepone todo por la seguridad de sus hijos y
también, cuando veo otras que queriendo huir de la prisión del
maltrato no salen, porque aunque todos vean las rejas abiertas,
en nuestras mentes están cerradas a cal y a canto. Están cerradas
por el miedo, por la inseguridad, por el adoctrinamiento de una
cultura, de una iglesia, de una familia, de una sociedad que nos
impuso unos roles equivocados, que nos construyó un género
trunco, machita y totalitario.

Pero hay que seguir en la brega y levantarnos cada día con
la convicción de que es a nosotras las mujeres a quienes nos
corresponde dar la batalla para lograr la anhelada equidad. Es
a nosotras a las que nos corresponde no reciprocar en nuestros
hijos e hijas los errores de nuestros padres. A los padres nos
toca dar a las niñas oportunidad de escoger los roles que quiere
interpretar en este teatro llamado sociedad. Las mujeres no
nacemos con un manual para planchar, cocinar y ser serviles, si

como todo ser humano nacemos para servir, solo en la medida que no se mancille nunca y bajo ningún concepto nuestra dignidad como seres humanos. Y a los niños hay que educarlos para que aprendan a llorar si se caen, que aprendan a sufrir si les duele, que también construyan su identidad, no basada en lo que por siglos les han enseñado y las mujeres hemos reforzado, sino basada en el respeto a la dignidad del otro y en un principio de amor y justicia.

Mujeres, juntas somos más y podemos cambiar este patriarcado, pero divididas no somos nada y nos hundiremos en esta desigualdad, que trae consigo el maltrato, el sufrimiento y la muerte, ya sea emocional o espiritual.

Conclusión

Estas páginas, a las cuales no sé si llamarles libro, no son una historia de superación, no son un tratado de cómo afrontar la violencia doméstica, ni siquiera pretendo dejar alguna enseñanza con ellas. Estas letras son más bien un modo egoísta de ventilar mis heridas para sacar cualquier vestigio de amargura y dolor que esos veintiún años de cautiverio dejaron en mi interior. Son una manera de esparcir al viento las cenizas de esa mujer que fui y darle la bienvenida a la mujer que soy ahora. Una mujer con muchos miedos, con muchas inseguridades, pero con una conciencia diáfana de que aún con ellos puedo ser lo que quiero ser, que puedo llegar a donde quiera llegar, siempre y cuando trabaje duro para lograrlo y no desfallezca en el camino ni me deje influenciar por las vicisitudes que me presente este gran teatro que llamamos vida.

La educación es el puente que estrecha el camino que separa a los desposeídos de los que gozan del privilegio de tener control, poder, dinero u cualquier otro medio que lo haga sentir superior. El odio que nace del miedo y la inseguridad es el más aterrador y destructivo de todos. Con la educación alcanzamos cruzar ese puente y ver que hay un mundo lleno de posibilidades para vivir y vivir con dignidad.

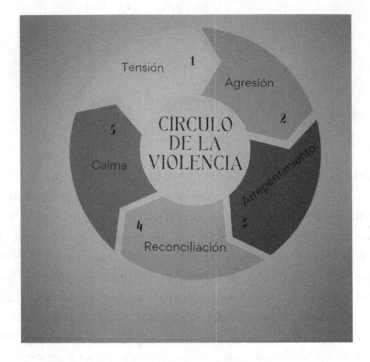

Rompiendo el Ciclo de la Violencia Domestica

La mayoría de los modelos desarrollados para explicar el abuso dentro de una relación de pareja parten las tres fases identificas por Lenore Walker: 1. Fase Tensión, 2. Fase Aguda o de Crisis, 3. Fase de Calma o Luna de Miel. Además, los autores coinciden que el centro de este ciclo de violencia domestica siempre es el control y el poder lo cual crea una dependencia en la victima y dentro de estas fases convergen otras como el arrepentimiento, la reconciliación y la calma que en sí solas traen otros agravantes al problema de violencia doméstica. Por otro lado, el hecho de que se establezca este ciclo como guía no quiere decir que siempre una fase precede a la otra, puede haber variantes e incluso se puede pasar de fase calma a la crisis o la agresión.

Fase de Tensión

En esta fase el ambiente está cargado de tensión y la victima esta como en un péndulo cogido de un hilo fino que está a punto de quebrarse. El abusador generalmente va tanteando el terreno con microagresiones verbales o físicas como un comentario hiriente, empujón o tropiezo "sin querer". La duración de esta fase tensión varía de acuerdo o lo dañada que este la relación de pareja. Esta dura usualmente por un periodo de tiempo de semanas o meses.

Fase Aguda o de Crisis (agresión)

En esta fase, la tensión ha aumentado hasta que estalla en una o varias agresiones psicológicas o físicas. La manera en la cual va a darse la explosión de la violencia es poco predecible pueden o no existir algunas señales, aunque su duración es corta entre 24 a 48 horas los daños a la victimas pueden ser catastróficos incluyendo perdida de a la vida de la víctima y hasta sus seres queridos tales como, hijos, mascotas u objetos personales de gran valor emocional. Aunque el abusador trata de justificar que la causa del evento violento o el detonante es culpa de la víctima la realidad es que la explosión de violencia es producto del deterioro emocional del victimario o en algunos casos de una situación externa que nada tiene que ver con la víctima. En esta fase trata de compensar al victimario a través de labores o acciones que calmen sus arranques de violencia.

Fase de arrepentimiento

Después de la fase de crisis y la agresión el abusador pasa a un periodo de aparente arrepentimiento donde el universo conspira contra él y todo el mundo es responsable de su falta de control, menos él. Aunque no es su culpa él está arrepentido y prometo no volver a perder los estribos, aunque lo provoquen. Su comportamiento es tan diferente que la víctima nuevamente baja la guardia y le da su voto de confianza. Esta es la fase donde la mente manipuladora del agresor va a invertir todos sus recursos para convencer a la víctima que él es un ser humano nuevo.

Fase de reconciliación

A esta etapa algunos la llaman la luna de miel, ya el victimario demostró su arrepentimiento, lloro suplico perdón e hizo todas las promesas posibles que esto no volverá a suceder. Todo es miel sobre hojuelas la victima puede sentirse culpable de la fragilidad y los sentimientos del victimario y esto la lleva a hacer todo lo posible por complacer a su agresor.

Esta reconciliación generalmente está acompañada de detalles tales como flores, salidas románticas., cooperar con los quehaceres, cuidar a los niños, entre otros.

Fase de calma

Este estado de aparente calma propicia en la victima y sus familiares un aura de confianza y se alberga la esperanza que la crisis se superó hasta que el ciclo comienza nuevamente y cada vez las explosiones de violencia son más frecuentes y los periodos de calma más cortos. Para las mujeres que hemos pasado por este proceso es aquí donde comienza el verdadero clavario estamos en la disyuntiva de tomar la decisión terminar con la relación, pero estamos paralizadas por el miedo a perder la vida o que dañen a los nuestros. A este sentimiento de pánico se suma la inseguridad si podremos salir adelante solas, la preocupación por el bienestar de nuestros hijos si los hay, además, después de muchas crisis hemos perdido la credibilidad de nuestros familiares y amigos o el victimario nos ha aislado lo suficiente para no contar con apoyo y acompañamiento.

Salir de este círculo de violencia no es fácil, pero es posible, a algunas mujeres le toma más tiempo que a otras pues cada circunstancia es diferente y cada mujer tiene recursos y herramientas distintos. Esta no es una carrera de quien llega primero o quien lo logra en menos tiempo, lo importante es lograr salir y salir con vida.

Un último consejo si las circunstancias te lo permiten elabora un plan de escape:

1. Prepara un bulto pequeño con tus documentos personales y los de tus hijos si aplica. Si no tus documentos los tiene tu agresor trata de memorizar fechas y números implorantes como números de licencia, pasaportes, etc.
2. Mantén disponible y en un lugar seguro alguna cantidad de dinero en efectivo.
3. Un cambio de ropa para ti y tus hijos
4. Si tienes mascota una pequeña bolsa con alimento y agua
5. Bolsa con medicamentos y alimentos no perecederos o meriendas
6. Haz un mapa mental de tu ruta de escape, este debe incluir día, hora y el tiempo que te tomara llegar al lugar ya sea refugio o con un familiar o amigo de confianza. Recuerda que el primer lugar donde te ira a buscar tu agresor es con tu familia inmediata.

Mujer, no te rindas existen programas y organizaciones que te pueden ayudar. La organización **Mujer Lidera** ofrece actividades, charlas, talleres y servicios encaminados al empoderamiento de la mujer, te apoyamos para que asumas liderato sobre todas las dimensiones de tu vida. Comunícate con nosotras y entérate de todas nuestras novedades y eventos visitando la página www.mujerlidera.com

Printed in the United States
by Baker & Taylor Publisher Services